Paroles du Bouddha

tirées de
la tradition primitive

Paroles du Bouddha

tirées de
la tradition primitive

Textes choisis, présentés
et traduits du chinois
par Jean Eracle

Éditions du Seuil

EN COUVERTURE : *Thanka* tibétain acquis au Népal,
XIXᵉ siècle. Le Bouddha *Sâkyamuni*.
Musée d'ethnographie, Genève.

ISBN 2-02-013182-X.

© AVRIL 1991, ÉDITIONS DU SEUIL

La loi du 11 mars 1957 interdit les copies ou reproductions destinées à une utilisation collective Toute représentation ou reproduction intégrale ou partielle faite par quelque procédé que ce soit, sans le consentement de l'auteur ou de ses ayants cause est illicite et constitue une contrefaçon sanctionnée par les articles 425 et suivants du Code pénal

*La Loi suprême et très profonde,
   subtile et merveilleuse,
Pendant d'innombrables millénaires,
   il est difficile de la rencontrer.
Moi, maintenant, je la vois, je l'entends
   et je puis la retenir :
Puissé-je la comprendre,
   la véritable intention du Réalisé !*

Stance utilisée
avant la lecture d'un soûtra.

Introduction

Depuis que le Bouddha *Śâkyamuni* a disparu de la vue du monde en atteignant le Grand *Nirvâna* Final, deux millénaires et la moitié d'un millénaire ont passé.

Né comme prince héritier d'un petit royaume du Nord de l'Inde, il avait tout quitté à l'âge de vingt-neuf ans et était devenu un bouddha, c'est-à-dire un éveillé, un illuminé, à l'âge de trente-six ans. Il avait enseigné pendant près de quarante-cinq ans, parcourant en tous sens un immense territoire de l'Inde du Nord, une sorte de triangle qui, transposé en Europe, pousserait ses trois sommets jusqu'à Londres, à Barcelone et à Athènes.

Deux siècles et demi plus tard, sous l'empereur *Mauryâ Aśoka*, l'enseignement du Sage atteignait les confins de la péninsule indienne et passait au-delà, jusqu'au Śrî Lanka, en Birmanie et en Afghanistan.

Trois siècles encore passèrent et la Roue de la Loi, sous les rois indoscythes et ceux du pays d'Andhra, se mit à tourner en Asie centrale, en Parthie, en Chine et dans le Sud-Est asiatique, pour gagner plus tard les hauts plateaux du Toit du Monde et les régions lointaines de la Corée et du Japon.

Aujourd'hui, la doctrine du Bienheureux est largement connue, quoique d'une manière très inégale, dans le monde entier et elle suscite en Europe, à des titres divers, le plus vif intérêt.

« A des titres divers », disons-nous : pour les uns, en effet, cet attrait n'est qu'une simple curiosité à l'égard de ce qui leur paraît tout à fait exotique, opposé en tout cas à leurs propres conceptions, pratiques et habitudes ; pour d'autres, il s'agit plutôt, dans un souci d'ouverture au monde, de comprendre ce qui fait l'âme d'autres peuples et d'autres nations, soit qu'ils les aient visités au cours de leurs voyages, soit qu'il leur arrive de côtoyer, dans la vie quotidienne, l'un ou l'autre de leurs représentants, soit encore qu'ils se sentent touchés par la beauté des œuvres d'art qui en sont issues ; il en est aussi qui cherchent dans l'enseignement du grand maître indien un surcroît de spiritualité qui leur paraît manquer dans les religions traditionnelles de l'Occident ; il y a enfin ceux qui se retrouvent pleinement dans les vastes horizons de la pensée bouddhique et y découvrent une réponse vraiment satisfaisante aux questions fondamentales que se pose normalement un jour tout être humain.

Étudier le bouddhisme n'est généralement pas une entreprise facile. En effet, ceux ou celles qui ressentent un attrait pour lui et désirent en saisir le cœur, sans pouvoir cependant bénéficier des enseignements d'un maître vraiment sérieux, se voient confrontés à un foisonnement de doctrines et de pratiques leur paraissant si différentes les unes des autres qu'ils ne voient pas bien ce qu'il peut y avoir de commun entre elles.

D'un autre côté, surtout dans les pays de langue française, il est difficile de trouver des ouvrages à la fois sérieux, objectifs et surtout accessibles au commun des mortels. Quant aux textes fondamentaux, ils sont difficiles à aborder si l'on n'est pas un spécialiste ; les traductions françaises sont en effet peu nombreuses et le plus souvent encombrées de notes savantes et de termes techniques conservés dans leur langue d'origine, qu'il s'agisse du pâli, du sanskrit, voire du tibétain, du chinois ou du japonais. Beaucoup de ces traductions savantes, souvent préparées en vue d'une thèse universitaire, concernent des textes relativement tardifs, parfois longs et ennuyeux, reflétant des tendances particulières de la philosophie bouddhique, de sorte qu'il n'est possible de saisir en eux qu'un aspect de la doctrine, et non une synthèse de ses fondements véritables et universels.

La meilleure présentation du bouddhisme fondamental que nous connaissions est l'excellent ouvrage de Walpola

Paroles du Bouddha

PRINCIPALES BRANCHES DU BOUDDHISME ANCIEN

(et filiation des écoles mentionnées dans cet ouvrage)

NIRVANA FINAL DU BOUDDHA
Concile de Râjagriha (v. 483)

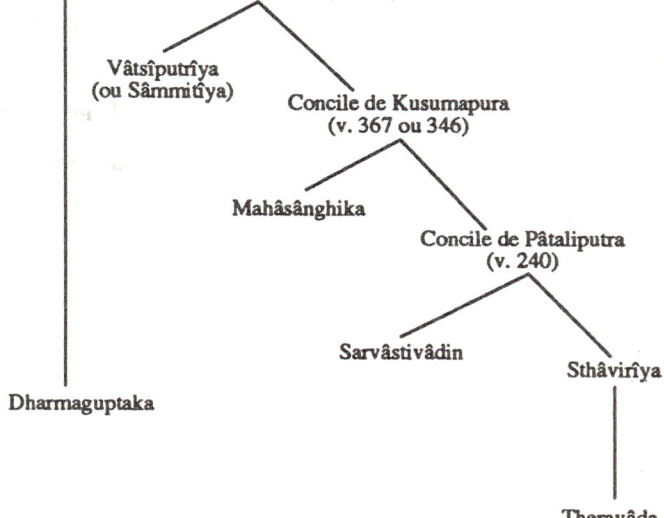

REMARQUE

Les sources anciennes concernant les anciennes écoles du bouddhisme et leurs filiations sont contradictoires sur de nombreux points. Le tableau ci-dessus ne donne qu'une manière de voir parmi d'autres. Voir sur la question : 1. Bareau, André : *Les Sectes du Petit Véhicule*, École française d'Extrême-Orient, Paris, 1955 ; 2. Filliozat, Jean : *L'Inde classique,* II, EFEO, Paris, 1953, n°s 2214 et suiv. p. 493 et suiv. et n°s 2312 et suiv. p. 557 et suiv.

Râhula : *L'Enseignement du Bouddha* (Éd. du Seuil, Paris, 1961, repris en format de poche dans la collection « Points » comme le treizième volume de la série « Sagesse »). Il s'agit là d'un exposé clair de la doctrine, suivi, en seconde partie, d'un certain nombre de textes et d'extraits. Le point de vue de l'auteur, un moine d'origine cinghalaise, demeure celui de la voie des disciples-auditeurs (*śrâvaka*), sans aucune allusion à l'idéal de ceux qui aspirent à devenir des bouddhas parfaitement accomplis, les bodhisattvas.

On peut situer dans la même ligne le fort bel et récent ouvrage de Môhan Wijayaratna : *Sermons du Bouddha* (Paris, Éd. du Cerf, coll. « Patrimoines », 1988), qui offre la traduction de vingt-cinq soûtras conservés en pâli.

Les livres de M. André Bareau : *Bouddha* (Paris, Seghers, 1962) et *En suivant Bouddha* (Paris, Philippe Lebaud Éd., 1985), contiennent également d'amples traductions de textes des anciennes écoles : s'ils présentent aussi, surtout le premier, des documents se rattachant à l'école *Theravâda,* ils puisent largement dans ce qui subsiste des Écritures d'autres traditions : celles des *Mahîsâsaka,* des *Dharmaguptaka,* des *Mahâsâmghika,* etc.

Il me faut enfin mentionner le recueil des textes « librement traduits » publié par l'association japonaise *Bukkyô Dendô Kyôkai,* à Tôkyô, sous le titre : *L'Enseignement du Bouddha.* Ce livre, fruit du travail de toute une équipe, a déjà été publié en plus de trente-six langues et sa traduction française, à laquelle nous avons nous-même présidé, fait actuellement l'objet d'une révision en vue d'une troisième édition. Il s'agit là d'un rassemblement de textes tirés des Écritures, appartenant aussi bien au *Theravâda* qu'au *Mahâyâna,* et mis bout à bout dans un certain ordre, de manière à constituer un exposé suivi de la doctrine bouddhique.

C'est dans l'esprit de ces ouvrages que nous avons constitué le présent recueil de textes, lesquels, à travers leurs traductions chinoises, se rattachent à la tradition sanskrite du bouddhisme ancien. Bien qu'appartenant nous-mêmes à une école du *Mahâyâna,* nous n'avons reproduit aucun document émanant de cette tradition, ce qui ne nous empêche pas de citer des textes des anciennes écoles faisant allusion à l'idéal des bodhisattvas.

Comme le titre le précise, notre recueil contient principalement des soûtras décrivant les règles de vie des disciples laïcs ; sans doute avons-nous reproduit des discours où le Bouddha expose les bases de sa doctrine, mais, ce faisant, nous n'avons rien voulu d'autre que situer dans un contexte plus général ce qui constitue la voie propre de ceux qui vivent dans la famille et se livrent à toutes sortes d'activités plus ou moins absorbantes.

Nous nous sommes attachés à montrer d'abord jusqu'où peuvent progresser ceux qui n'ont pas quitté la famille et rejeté complètement les attraits de la vie du monde. Ensuite, nous alignons les textes décrivant les moyens que doivent prendre les mêmes en vue de réaliser cette progression vers la Délivrance.

Eu égard à la Délivrance, nos textes sont formels : les disciples laïcs ne doivent pas espérer, du moins en principe et à la différence des moines, atteindre le fruit de la Sainteté au cours de leur vie actuelle ; en revanche, s'ils en prennent les moyens, ils peuvent s'engager d'une manière irréversible sur la Voie (ch. II, 6) et obtenir la Délivrance après la mort, dans un état céleste (ch. I, 7).

Les moyens à prendre sont en principe les suivants : la foi dans les Trois Joyaux, le Bouddha, la Loi et la Communauté (ch. II), une bonne moralité (ch. III), le détachement des biens de ce monde réalisé en donnant (ch. IV), l'audition ou l'étude des enseignements du Bouddha (ch. V), enfin la sagesse qui découle de ces enseignements et de leur mise en pratique (ch. VI).

Les exercices de méditation plus ou moins exigeants, sur lesquels on insiste tellement en Occident, ne sont pas indispensables. En revanche, si un disciple laïc a développé une foi inébranlable et respecte les règles morales élémentaires, il lui suffit de développer en lui six souvenirs, ceux du Bouddha, de la Loi, de la Communauté, de la moralité, du don et des êtres célestes, pour obtenir la certitude de réaliser la Délivrance dans un plan supérieur après la mort (ch. VII, 2).

Les six souvenirs ne sont pas nécessairement à pratiquer

en même temps : on peut en cultiver seulement cinq, seulement quatre, seulement trois (ch. II, 5), seulement deux ou un seul (ch. VII, 5).

Beaucoup de textes se rapportent principalement au souvenir du Bouddha (ch. VII, 5-10 ; ch. VIII), non pas tellement celui que l'on considère comme « historique », c'est-à-dire *Śâkyamuni*, ou ceux qui l'ont précédé ou le suivront (*cf.* ch. V, 2-3), mais un bouddha idéal, dont les terrestres ont manifesté ou manifesteront la réalisation en eux-mêmes.

Une autre pratique est également recommandée, aussi bien aux moines qu'aux laïcs : c'est celle de l'amour bienveillant sans limites, auquel peuvent s'associer la compassion, la joie et l'équanimité ; la pratique de l'amour bienveillant assimile ceux qui s'y adonnent au Grand Brahmâ lui-même, dieu considéré dans la mythologie comme le créateur des mondes (*cf.* ch. VI, 6), et il en constitue le culte correct (ch. IV, 3) ; cet amour bienveillant infini doit être pratiqué d'abord en pensée (ch. VI, 5), afin d'être ensuite appliqué dans les paroles et les actes (ch. VI, 7).

Tel est l'enseignement des *Âgama*, que résume bien le soûtra qui nous sert de conclusion.

Les textes

Nous venons d'employer le mot *âgama*. Il s'agit là d'un terme sanskrit possédant plusieurs sens, mais désignant souvent un texte ou un ensemble de textes véhiculé par une tradition religieuse. Dans le contexte du bouddhisme, il se rapporte aux quatre ou cinq grandes collections qui contiennent les discours ou soûtras attribués au Bouddha ou à ses disciples. Les *Âgama* bouddhistes forment la section ou « corbeille » des soûtras, qui constitue, avec la section de la Discipline ou *Vinaya* et celle de l'exposé systématique de la Doctrine ou *Abhidharma*, l'ensemble appelé « Trois Corbeilles » ou *Tripitaka*.

Ces subdivisions se retrouvent dans le canon conservé en pâli (*Tipitaka*), mais n'y portent pas le même nom : on ne parle pas d'*Âgama*, mais de *Nikâya*.

Voici les noms des *Âgama* :

1. L'*Âgama* des textes longs (*Dîrghâgama*) ;
2. l'*Âgama* des textes moyens (*Madhyamâgama*) ;
3. l'*Âgama* des textes groupés (*Samyuktâgama*) ;
4. l'*Âgama* de la progression par un (*Ekottarâgama*) ;
5. l'*Âgama* des textes courts (*Kshudrakâgama*).

Les *Âgama* sanskrits furent probablement publiés dans l'empire kouchan, au Nord-Ouest de l'Inde, au cours du Ier siècle de l'ère chrétienne. Œuvre des anciennes écoles qui prédominaient alors dans cette région, *Sarvâstivâdin, Dharmaguptaka, Mahâsâmghika,* etc., ils furent diffusés par elles en Asie centrale et en Chine.

Aujourd'hui, les *Âgama* ne subsistent plus guère qu'en traduction chinoise. Les quatre premiers furent partiellement traduits dès le IIe siècle, mais ne firent l'objet d'une version complète qu'à la fin du IVe ou au cours du Ve. Quant au cinquième, il ne fut jamais traduit intégralement, bien que certaines de ses parties l'aient été durant le IIe et le IIIe siècle. (*Dharmapada, Udânavarga, Jâtaka, Avadâna.*)

Si l'on compare les *Âgama* aux *Nikâya* correspondants, on s'aperçoit que les deux collections divergent sur plusieurs points : le nombre des soûtras dans les divers recueils n'est pas le même ; l'ordre des textes n'est pas le même non plus ; en outre, certains discours ne sont pas rangés dans le même recueil ; enfin, il y a des soûtras qui existent dans une collection et pas dans l'autre et réciproquement. Il arrive aussi souvent que des textes figurant dans les deux collections divergent sur des points plus ou moins importants.

Ces différences s'expliquent facilement si l'on se rappelle que l'enseignement du Bouddha s'est répandu pendant plusieurs siècles uniquement par voie orale et cela dans des régions parlant des langues différentes, les trous de mémoire et les erreurs de traduction ayant dû être assez nombreux. D'un autre côté, il faut savoir que les versions complètes des *Âgama* parvenues jusqu'à nous se rattachent à des traditions différentes : alors que l'*Âgama* des textes longs (*Dîrghâgama*) provient de l'école *Dharmaguptaka,* celui de la progression par un (*Ekottarâgama*) doit appartenir à l'école *Mahâsâmghika* et celui des textes groupés (*Samyuktâgama*) aux *Sarvâstivâdin*.

Nos traductions ont été réalisées à partir de la grande édition japonaise de toutes les Écritures bouddhiques de l'ère *Taishô* (Taishô shinshu daizôkyô, éd. *Taishô Issaikyô Kankô Kai*, Tôkyô, 1924-1932).

Au premier volume (I), nous n'avons emprunté qu'un seul texte (ch. III, 5) : il s'agit de la version la plus courte du seizième soûtra du *Dîrghâgama,* attribuée au prince arsacide devenu moine *An shi gao,* qui travailla à *Luo yang* au cours du troisième quart du IIe siècle.

La grande majorité de nos soûtras est tirée du deuxième volume (II), principalement de l'*Ekottarâgamasûtra* (125), traduit à la fin du IVe siècle par le moine *Gautama Sanghadeva,* originaire du Cachemire, puis du *Samyuktâgamasûtra,* soit selon la version du moine *Gunabhadra,* brahmane de l'Inde centrale qui travailla à Nankin de 436 à 443 (99), soit selon la version anonyme de la fin du IVe siècle ou du début du Ve (100).

Du même deuxième volume sont tirées les traductions suivantes : la « Mise en mouvement de la Roue de la Loi », attribué à *An shi gao* (ch. VI, 4), le « Souvenir du Bouddha en onze pensées », attribué à *Gunabhadra* (ch. VII, 7), et le « Soûtra sur la pratique des *Âgama* », lui aussi attribué à *An shi gao*.

Cinq textes proviennent du « Soûtra rassemblant les six perfections », qui s'apparente, par son genre, au *Carîyapitaka* du cinquième *Nikâya* pâli, et ouvre le troisième volume (III, 152), et quatre de l'*Avadânaśataka* chinois, rangé au quatrième volume (IV, 200). Ces deux textes ont été traduits respectivement par le moine sogdien *Kang seng kuai,* qui travailla à Nankin de 247 à 280, et par le lettré *Zi qian,* d'origine indoscythe, qui travailla aussi à Nankin entre 223 et 253.

Un dernier texte a été puisé au vingt-deuxième volume (XXII, 1424) : il s'agit d'un rituel attaché au *Vinaya* de l'école *Mahîsâsaka*, traduit au début du VIIIe siècle par le moine *Ai tong*.

Notre choix a été déterminé, d'une part, par notre intention de présenter des paroles du Bouddha destinées

Paroles du Bouddha

aux disciples laïcs, d'autre part par notre souci d'offrir des textes courts, même très courts, d'une grande clarté.

Beaucoup de ces textes ne sont, semble-t-il, que des aide-mémoire ou des soûtras ramenés à leur trame ; ils paraîtront sans doute assez secs : il ne faut en tout cas pas y chercher de quoi flatter la sensibilité !

D'autres textes sont plus développés et contiennent même des parties en vers ; ils font intervenir quelques belles figures de moines ou de disciples laïcs ; on y trouve ici ou là quelques scènes croquées sur le vif : ici, on voit *Ananda,* qui s'est retiré pour méditer, s'interroger sur les parfums qui viennent flatter ses narines ; là, on assiste à la visite que *Kâtyâyana* rend à un notable malade ; ailleurs, à la fin de la retraite d'été, on voit le Bouddha coudre lui-même sa nouvelle robe, tandis qu'un laïque, *Nanda,* se lamente à la pensée qu'il ne pourra plus rencontrer le Maître et ses moines ; comment ne pas trouver bien moderne l'inquiétude qu'éprouve le chef de famille *Mahânâman,* qui, en rentrant en ville le soir, s'effraie en voyant les rues encombrées par la circulation ? Charmante aussi l'attitude de ce moine qui, retiré au bord d'une rivière, répond par un couplet de sa composition au chant d'un jeune couple venu se divertir non loin de là avec une guitare.

Les textes tirés des *Jâtaka* et des *Avadâna* sont tous de charmants récits montrant comment s'applique la Loi des actes et donnant des exemples des principales vertus bouddhiques.

La traduction

Fidèle en tout à nos intentions, nous avons tenu à réaliser des traductions qui soient à la fois proches du texte chinois, claires pour un lecteur occidental et agréables à lire, même à haute voix et en public.

Les textes traduits sont reproduits intégralement, avec leurs phrases stéréotypées du début et de la fin : chacun forme donc un tout en lui-même et garde son caractère de texte vénéré.

Pour faciliter la lecture, nous avons évité autant que possible les notes et banni systématiquement les mots sanskrits, à l'exception évidemment des noms propres et de ceux qui sont suffisamment connus au point qu'ils figurent dans nos dictionnaires : ces derniers sont orthographiés « à la française » et prennent, le cas échéant, la désinence du pluriel.

En principe, nous gardons toujours la même traduction pour les termes techniques. Il convient cependant de souligner les points suivants : le titre de *Tathâgata* accordé aux Bouddhas est rendu par le mot « Réalisé » ; l'expression correspondant au titre de *Bhagavant* est généralement traduite littéralement par « Honoré du Monde », sauf dans les formules dévotionnelles où c'est le beau vocable de « Bienheureux » qui est utilisé.

Le caractère correspondant à *dharma* est traduit différemment selon le contexte : nous le traduisons ainsi au moyen des mots « Loi », « pensée », « phénomène », « qualité » et même, quand le sens le permet, par le pronom « cela ».

En outre, nous traduisons, selon le contexte, par les mots « moralité », « précepte » ou « règle », le caractère quasiment unique utilisé par les traducteurs chinois pour désigner les principes de la discipline morale du bouddhisme.

Enfin, pour éviter le mot *kalpa*, nous parlons d'âges et pour empêcher toute confusion, nous remplaçons le mot *karma*, tellement galvaudé aujourd'hui, par les termes « acte », « action », voire « activité ».

Quant aux noms sanskrits, ils sont transcrits d'une manière simplifiée. Pour les prononcer, on se rappellera que *e* et *u* se disent *é* et *ou ;* ś et *sh* à peu près comme *ch* dans le mot chien ; *c* se prononce *tch* et *j, dj*. Quant au *v* qui devrait se dire *ou* comme dans « oui » et le *a* final qui devrait être muet, l'usage prévaut généralement chez nous de les faire entendre comme en français.

I

*Les fondements
du bouddhisme*

1

Les quatre racines de la Loi

Les récits traditionnels, en partie légendaires, qui nous racontent les divers épisodes ayant marqué la jeunesse du prince indien Siddhârtha Gautama, *le futur Bouddha* Sâkyamuni, *attribuent au choc provoqué en lui par quatre rencontres — celles d'un vieillard, d'un malade incurable, d'un cortège funèbre et d'un moine au visage apaisé —, son irrésistible désir de quitter le monde et d'embrasser la vie religieuse.*

Quelle que soit la valeur historique de ces récits, ceux-ci nous font comprendre qu'au point de départ de la quête spirituelle du futur Bouddha, puis de ses disciples, il y a le fait brutal de la mort universelle et du caractère transitoire de toutes choses.

*Dans un discours conservé dans l'*Anguttâra-Nikâya *pâli (V, 57), le Bienheureux s'exprime ainsi :*

« Moines ! il y a cinq faits qui doivent être considérés par tout homme et toute femme, qu'ils soient laïcs ou religieux. Quels sont ces cinq ?

Je suis sûr de devenir vieux, je ne peux éviter de prendre de l'âge.

Je suis sûr de devenir malade, je ne peux éviter totalement la maladie.

Je suis sûr de mourir, je ne peux éviter la mort.

Tout ce qui m'est cher et que j'aime est sujet au changement et je ne peux éviter d'en être séparé.

Je suis maître de mes propres actes (karma), *héritier de mes propres actes ; les actes sont la matrice dont je suis issu, les actes sont comme ma peau, les actes sont comme ma protection ; quoi que je fasse, j'en serai l'héritier. »*

*C'est dans un tel contexte que se situe le premier des soûtras que nous présentons ici, tiré de l'*Ekottârâgamasûtra *(T. II, n° 125, 31, 4, p. 668 b-c).*

Entendu tel quel.
Une fois, le Bouddha demeurait dans la cité de *Râjagriha*, au jardin de bambous de *Karanda*. Avec lui, une grande assemblée de moines, soit cinq cents moines.
Alors, quatre étudiants-brahmanes, qui avaient tous obtenu les cinq pouvoirs [1] et pratiquaient la Bonne Loi, se trouvant réunis en un seul endroit, tinrent les propos suivants :
« Quand cette cueilleuse de vies s'approche, on ne peut échapper à sa puissance ; allons donc nous cacher, chacun de son côté, de sorte que la cueilleuse de vies ne sache pas où nous trouver ! »
Alors, l'un des étudiants-brahmanes s'envola et se tint au milieu de l'espace dans l'espoir d'échapper à la mort. Il ne put cependant éviter sa propre mort : tandis qu'il se tenait au milieu de l'espace, sa vie s'acheva.
A son tour, le deuxième étudiant-brahmane plongea au fond de l'eau de l'océan dans l'espoir d'échapper à la mort, mais, tandis qu'il s'y trouvait, sa vie s'acheva.
De son côté, le troisième étudiant-brahmane, dans l'espoir d'échapper à la mort, pénétra au cœur du Mont *Sumeru*, mais il y mourut.
Le quatrième étudiant-brahmane s'enfonça dans la terre et parvint jusqu'au cercle de diamant [2] dans l'espoir d'échapper à la mort, mais, pour lui aussi, c'est là que sa vie s'acheva.
Alors, l'Honoré du Monde, au moyen de son œil divin, vit les quatre étudiants-brahmanes : l'un après l'autre, ils

---

1. Les cinq pouvoirs sont les suivants : se souvenir de ses vies passées, voir à distance, entendre à distance, lire dans les cœurs et maîtriser son corps au point de pouvoir se déplacer à la vitesse de la pensée, se dédoubler, traverser les murs, marcher sur les eaux, etc.
2. Il s'agit d'un cercle de montagnes limitant le monde dans la conception mythique de l'univers, le Mont *Sumeru* en étant le pivot central.

s'étaient enfuis devant la mort, mais, cependant, tous avaient achevé leur vie. Alors, l'Honoré du Monde se mit à réciter cette stance :

> Ce n'est pas dans les airs, ce n'est pas dans la mer,
> Ce n'est pas en entrant dans le roc de la montagne,
> Ni en résidant aux extrémités de la terre
> Que l'on peut échapper à cette mort inévitable.

Alors, l'Honoré du Monde dit aux moines :

« Ces temps-ci, moines, il y a eu quatre étudiants-brahmanes qui, se trouvant réunis en un seul endroit, voulurent échapper à la mort, mais aucun d'entre eux, quel que soit le lieu où il se précipita, ne put échapper à la mort. Le premier se tint dans l'espace, le deuxième plongea dans l'eau de la mer, le troisième pénétra au cœur de la montagne et le quatrième s'enfonça dans la terre, mais tous furent rejoints par la mort.

C'est pourquoi, moines, si vous voulez échapper à la mort, il vous faut méditer sur les quatre racines de la Loi.

Quelles sont ces quatre ?

" Tous les composés sont impermanents [3] ".

Voilà la première racine de la Loi dont il vous faut cultiver la pensée.

" Tous les composés sont souffrances. "

Voilà la deuxième racine de la Loi sur laquelle il vous faut méditer.

" Tous les phénomènes sont sans soi. "

Voilà la troisième racine de la Loi sur laquelle il vous faut méditer.

" La destruction (de tous les liens), c'est le *Nirvâna*. "

Voilà la quatrième racine de la Loi sur laquelle il vous faut méditer.

C'est ainsi, moines, qu'il vous faut méditer sur ces quatre racines de la Loi. Et pourquoi ? Parce qu'ainsi vous échapperez à la naissance, à la vieillesse, à la maladie, à la

---

3. Nous conservons les termes « impermanence » et « impermanent », qui, dans le contexte du bouddhisme, sont utilisés par les meilleurs auteurs depuis le XVIIIe siècle.

mort, au chagrin, à la peine, à la douleur, au regret et à toutes les causes de la souffrance.

C'est pourquoi, moines, il vous faut chercher le moyen de réaliser ces quatre racines de la Loi.

Voilà, moines, ce qu'il vous faut savoir. »

Alors les moines, ayant entendu ce que le Bouddha avait enseigné, le reçurent avec joie et le mirent en pratique.

2

Les quatre Nobles Vérités

Après l'illumination qui fit de lui un bouddha, Śâkyamuni se mit à enseigner. C'est près de Bénarès, au lieu appelé aujourd'hui Sârnâth, dans le parc aux Cerfs, qu'il prononça, son premier discours. Dans la partie centrale de ce discours, il définit l'essentiel de sa doctrine en proclamant les quatre Nobles Vérités.

De même qu'un médecin habile, au chevet d'un malade, commence par diagnostiquer la maladie et en définir les causes, puis annonce la guérison et prescrit un remède approprié, ainsi le Bouddha, rempli de compassion pour le monde, décrit son état dans la première Noble Vérité, en révèle la cause dans la deuxième, montre la guérison dans la troisième et propose le remède dans la quatrième.

Nous donnerons plus loin (ch. V, 4) une version peu connue et inédite de ce célèbre discours. Pour l'instant, contentons-nous de connaître l'énoncé des quatre Nobles Vérités tel qu'il est contenu dans un petit texte du Samyuktâgamasûtra *(T. II, n° 99, 382, p. 104 b).*

Ainsi ai-je entendu.
Une fois, le Bouddha demeurait à *Vârânaśi*, à la Demeure des Sages, dans le parc aux Cerfs.
Alors, l'Honoré du Monde dit aux moines :
« Il y a quatre Nobles Vérités.
Quelles sont ces quatre ?
La Noble Vérité de la Souffrance, la Noble Vérité de l'Origine de la Souffrance, la Noble Vérité de la Cessation

de la Souffrance, la Noble Vérité du Chemin de la Cessation de la Souffrance.

Ainsi, moines, cette Noble Vérité de la Souffrance, il faut la connaître, il faut la comprendre.

Cette Noble Vérité de l'Origine de la Souffrance, il faut la connaître, il faut la détruire.

Cette Noble Vérité de la Cessation de la Souffrance, il faut la connaître, il faut la réaliser.

Cette Noble Vérité du Chemin de la Cessation de la Souffrance, il faut la connaître, il faut la mettre en pratique. »

Quand le Bouddha eut fini d'enseigner ce soûtra, les moines, ayant entendu ce que le Bouddha avait enseigné, le reçurent avec joie et le mirent en pratique.

3

Le Noble Chemin vers la Délivrance

En complément du texte précédent, qui proclame les quatre Nobles Vérités, nous pouvons lire maintenant un discours extrêmement bref, emprunté, lui aussi, au Samyuktâgamasûtra *(T. II, 99, 763, p. 200 a-b) et contenant une énumération des huit membres du Noble Chemin.*

Ainsi ai-je entendu.
Une fois, le Bouddha demeurait à *Śrâvastî*, au bosquet de *Jeta*, dans le jardin d'*Anâthapindada*.
Alors l'Honoré du Monde dit aux moines :
« Je vais vous exposer les huit membres du Noble Chemin.
Quels sont ces huit ?
Ce sont : la vue correcte, l'intention correcte, la parole correcte, l'action correcte, la vie correcte, l'effort correct, l'attention correcte et le recueillement correct. »
Quand le Bouddha eut fini d'exposer ce soûtra, les moines, ayant entendu ce que le Bouddha avait enseigné, le reçurent avec joie et le mirent en pratique.

4

La Roue de la Vie

Le premier discours du Bouddha à Bénarès est appelé « Mise en mouvement de la Roue de la Loi ».

La roue est le symbole par excellence de la doctrine bouddhique. Pour l'essentiel, la signification de ce symbole apparaît bien dans un petit soûtra du Samyuktâgamasûtra (T. II, 100, 349, p. 488 c). Par la suite, sous le nom de « Roue de la Vie », il sera minutieusement décrit à l'usage des peintres et on peut en voir une représentation dans le vestibule du temple rupestre N° 17 d'Ajanta, en Inde. D'autre part, on trouve d'innombrables reproductions de ce riche symbole dans l'art tibétain.

Dans le texte qu'on va lire, on constatera que le symbole de la roue est explicitement mis en rapport avec la doctrine des vies successives, cycle sans commencement appelé « Samsâra », ce terme sanskrit suggérant justement un mouvement circulaire. La doctrine des vies successives étant sous-jacente à tout l'enseignement du Bouddha, il était nécessaire de l'évoquer ici par ce petit soûtra.

Ainsi ai-je entendu.

Une fois, le Bouddha demeurait à *Śrâvastî*, au bosquet de *Jeta*, dans le jardin d'*Anâthapindada*.

Alors, le Bouddha dit aux moines :

« C'est comme la roue d'un char à cinq rayons : quand celui-ci est en mouvement, la roue tourne rapidement.

Avec tous les êtres vivants, c'est la même chose.

A cause de l'ignorance, ils tournent, et dans la roue tournent les cinq voies, c'est-à-dire les humains, les dieux, les enfers, les revenants faméliques et les naissances animales.

Sans commencement sont ainsi les naissances et les morts.

C'est pourquoi, moines, il vous faut les détruire toutes et, en contrepartie, accomplir la Bonne Loi. »

Les moines, ayant entendu ce que le Bouddha avait enseigné, le reçurent avec joie et le mirent en pratique.

5

Le miroir de la Loi

Selon une vieille tradition qui semble remonter à l'époque où le Bouddha Śâkyamuni demeurait encore dans le monde, la personne qui éprouve de la joie et une disposition de foi en entendant — ou lisant — les enseignements du Bienheureux se présente avec humilité devant la Communauté des Disciples ou l'un de ses représentants et, prenant les trois refuges dans le Bouddha, sa Loi (Dharma) et la Communauté (Sangha), manifeste généralement sa volonté de conformer sa vie aux principes moraux fondamentaux (Śîla).

La foi inébranlable (avetyaprasâda) dans les Trois Joyaux (Triratna) du Bouddha, de la Loi et de la Communauté ainsi que la garde des principes moraux constituent le fondement de toute vie bouddhique. C'est cela que le petit soûtra qu'on va lire, tiré du Samyuktâgamasûtra (T. II, 99, 851, p. 217 a), appelle le « miroir de la Loi ».

La foi dans les Trois Joyaux et les préceptes de la morale bouddhique feront l'objet des chapitres II et III.

Ainsi ai-je entendu.

Une fois, le Bouddha demeurait à *Śrâvastî*, au bosquet de *Jeta*, dans le jardin d'*Anâthapindada*.

Alors, le Bouddha dit aux moines :

« Je vais vous enseigner le soûtra " Miroir de la Loi ".

Soyez attentifs et réfléchissez bien à ce que je vais vous dire.

Quel est ce soûtra " Miroir de la Loi " ?

Voici : le Saint Disciple a une foi inébranlable dans le Bouddha, une foi inébranlable dans la Loi, une foi inébranlable dans la Communauté et il observe les saints préceptes.

Voilà ce que j'appelle le soûtra " Miroir de la Loi ". »

Quand le Bouddha eut fini d'exposer ce soûtra, les moines, ayant entendu ce que le Bouddha avait enseigné, le reçurent avec joie et le mirent en pratique.

6

Les quatre fruits

Quand le disciple s'est résolument engagé sur la Voie, il va progressivement rompre les liens qui l'attachent au cycle des naissances et des morts. Désigné désormais comme un Noble ou Saint Disciple (Âryaśrâvaka), il atteindra successivement quatre fruits, ainsi que l'affirme le petit texte qui suit, tiré, lui aussi, du Samyuktâgamasûtra *(T. III, 99, 1128, p. 298 c).*

Les trois premiers fruits constituent un Nirvâna *incomplet, seul le dernier impliquant le* Nirvâna *complet.*

En effet, le premier fruit est la libération définitive des trois mauvaises voies (les enfers, les revenants faméliques, les naissances animales) et celui qui l'a atteint, qu'on appelle « entré dans le courant » (śrotâpanna), *ne pourra plus renaître que parmi les humains ou chez les dieux.*

« Celui qui n'a plus à renaître qu'une fois » (sakridâgâmin), *en possession du deuxième fruit, garde encore des liens avec notre monde du désir* (kâmadhâtu), *et en conséquence, c'est dans une dernière existence parmi nous qu'il réalisera la libération totale du* Nirvâna.

Au contraire, « celui qui ne doit plus revenir » (anâgâmin) *a rompu tous les liens avec ce monde du désir et atteindra la libération totale après la mort terrestre, dans un plan supérieur d'existence.*

Le dernier fruit est celui des Saints (Arhant), *qui rompent tous les liens dès cette vie et obtiennent le* Nirvâna *en ce monde du désir.*

Ainsi ai-je entendu.

Une fois, le Bouddha demeurait à *Śrâvastî,* au bosquet de *Jeta,* dans le jardin *d'Anâthapindada.*

Alors l'Honoré du Monde dit aux moines :

« Il y a quatre fruits de la vie religieuse.

Quels sont ces quatre ?

Nommément : le fruit de celui qui est entré dans le courant, le fruit de celui qui n'a plus à revenir qu'une fois, le fruit de celui qui n'a plus à revenir et le fruit de celui qui est devenu un Saint. »

Quand le Bouddha eut fini d'exposer ce soûtra, les moines, ayant entendu ce que le Bouddha avait enseigné, le reçurent avec joie et le mirent en pratique.

7

La réalisation des disciples laïcs

En règle générale, on peut dire que les fruits définis plus haut sont l'apanage des moines, qui ont adopté une vie éloignée des préoccupations mondaines et caractérisée par un détachement total.

Les laïcs, du fait de leur engagement dans les activités humaines (familiales, professionnelles ou civiques), ne sont pas dans de bonnes conditions pour rompre tous les liens. En conséquence, ils ne peuvent réaliser que certains détachements et n'obtiennent qu'un, deux ou trois fruits. C'est ce que proclame le soûtra suivant, partie intégrante du Samyuktâgamasûtra *(T. III, 99, 928, p. 236 c).*

Ainsi ai-je entendu.

Une fois, le Bouddha demeurait à *Kapilavastu*, dans le parc des banians.

Alors le *Sâkya Mahânâman*, accompagné de cinq cents disciples laïcs, se rendit là où se trouvait le Bouddha. Après s'être incliné jusqu'aux pieds du Bouddha, il recula et s'assit sur un côté. Il dit au Bouddha :

« Honoré du Monde ! qu'appelles-tu " disciple laïc " ? »

Le Bouddha dit à *Mahânâman* :

« Un disciple laïc est celui qui, tout en demeurant en famille, se garde pur et prend refuge pour toute la vie dans les Trois Joyaux. Voilà celui que je considère comme un disciple laïc. »

Mahânâman dit au Bouddha :

« Honoré du Monde ! qu'appelles-tu un disciple laïc " entré dans le courant " ? »

Le Bouddha dit à *Mahânâman* :

« Le disciple laïc entré dans le courant est celui qui a détruit trois liens et en est conscient, à savoir : la vue du corps, l'attachement aux observances [4] et le doute. *Mahânâman*, c'est lui que j'appelle le disciple laïc entré dans le courant. »

Mahânâman dit au Bouddha :

« Honoré du Monde ! qu'appelles-tu un disciple laïc " qui n'a plus à revenir qu'une fois " ? »

Le Bouddha dit à *Mahânâman* :

« C'est celui qui, ayant détruit trois liens et en étant conscient, n'a que peu de désir, de haine et de sottise. *Mahânâman*, c'est lui que j'appelle un disciple laïc n'ayant plus à revenir qu'une fois. »

Mahânâman dit au Bouddha :

« Honoré du Monde ! qu'appelles-tu un disciple laïc " qui n'a plus à revenir " ? »

Le Bouddha dit à *Mahânâman* :

« Le disciple laïc qui n'a plus à revenir, c'est celui qui a détruit cinq liens et en est conscient, à savoir : la vue du corps, l'attachement aux observances, le doute, le désir et la haine. *Mahânâman*, c'est lui que j'appelle un disciple laïc n'ayant plus à revenir. »

Alors le *Sâkya Mahânâman* regarda les cinq cents disciples laïcs et fit cette réflexion :

« C'est extraordinaire ! ainsi donc, les disciples laïcs qui se purifient tout en demeurant en famille obtiennent aussi ces qualités si profondes et merveilleuses ! »

Alors *Mahânâman* et les disciples laïcs ayant entendu ce que le Bouddha avait enseigné, éprouvèrent la joie qui en découle. S'étant levés de leurs sièges, ils firent la révérence et s'en allèrent.

---

4. La vue du corps consiste à s'identifier avec son corps et l'attachement aux observances, c'est croire en l'efficacité des rites religieux (sacrifices, sacrements, etc.).

8

Les cinq pratiques des laïcs

Le discours du Samyuktâgamasûtra *(T. II, 99, 930, p. 237 b-c) qui clôt notre premier chapitre, a été choisi parce qu'il énumère les cinq pratiques qui, selon les traditions les plus anciennes, devraient inspirer toute la vie d'un bouddhiste laïc. Ces pratiques nous ont paru si importantes et significatives que c'est à leur développement que nous avons consacré les cinq chapitres qui suivent.*

Ainsi ai-je entendu.

Une fois, le Bouddha demeurait à *Kapilavastu*, dans le parc des banians.

Alors le *Śâkya Mahânâman* vint en visite à l'endroit où se trouvait le Bouddha ; se prosternant à ses pieds, il lui rendit hommage, puis, se reculant, il s'assit sur un côté. S'adressant au Bouddha, il lui dit :

« Honoré du Monde ! cette cité de *Kapilavastu* est paisible, sans histoires, riche et heureuse : les gens y sont florissants.

Chaque fois que j'en sors ou que j'y entre, je suis entouré et suivi par une foule de gens et il y a confusion d'éléphants, confusion d'hommes, confusion de chars. J'oublie alors de penser au Bouddha, de penser à la Loi, de penser à la Communauté des moines : je pense plutôt à moi-même. A l'heure de ma mort, où irai-je renaître ? »

Le Bouddha dit à *Mahânâman* :

« Pas de panique ! Ne t'inquiète pas ! Après ta mort, tu ne renaîtras pas dans les mauvaises destinées ! Ta fin non plus, ne sera pas mauvaise !

Imaginons un grand arbre qui tend à s'incliner, qui tend à se courber, qui tend à se pencher : si on lui coupe les racines, de quel côté tombera-t-il ? »

Mahânâman dit au Bouddha :

« Il tombera du côté où il s'incline, du côté où il se courbe, du côté où il penche ! »

Le Bouddha dit à *Mahânâman* :

« Eh bien ! avec toi, c'est pareil !

Après ta mort, tu ne renaîtras pas dans les mauvaises destinées. Ta fin non plus, ne sera pas mauvaise. Et pourquoi ?

Au cours de longues nuits, tu as pratiqué le souvenir du Bouddha, le souvenir de la Loi, le souvenir de la Communauté.

Après ta mort, ton corps sera ou brûlé ou abandonné dans un tombeau ; il sera dispersé au vent ou bien, exposé au soleil, il finira par devenir poussière ; ton esprit cependant, ta pensée, ta conscience s'en ira au loin.

A cause du parfum de la foi correcte ; à cause du parfum de la moralité, du don, de l'audition [de la Loi] et de la sagesse, ta conscience divine montera vers la demeure de la paix et du bonheur et tu iras renaître dans les cieux. »

Quand *Mahânâman* eut entendu ce que le Bouddha avait enseigné, il fut réjoui et content ; rendant hommage, il se retira.

II

La foi correcte

1

Les cinq facultés spirituelles

La première des cinq pratiques des laïcs, nous l'avons vu, est la foi correcte. La foi est le point de départ de toute vie spirituelle, car avant de se lancer sur la voie, il faut y croire.
*De nombreux textes soulignent ce rôle de point de départ en faisant de la foi la première de cinq pratiques, comme celui qui a servi de conclusion à notre précédent chapitre, ou encore la première des cinq facultés spirituelles, comme celui que l'on va lire maintenant, tiré de l'*Ekottarâgamasûtra *(T. II, 125, 32, 1, p. 673 c — 674 a).*

Entendu tel quel.
Une fois, le Bouddha demeurait à Śrâvastî, au bosquet de Jeta, dans le jardin d'Anâthapindada.
Alors, l'Honoré du Monde dit aux moines :
« Je vais maintenant vous parler d'une masse de mérites et vous devrez bien y réfléchir. »
Les moines répondirent en disant :
« D'accord, Honoré du Monde ! nous, les moines, allons nous appliquer à recevoir l'enseignement du Bouddha. »
L'Honoré du Monde reprit :
« Qu'est-ce que j'appelle " masse de mérites " ?
Nommément, ce sont les cinq facultés.
Quelles sont ces cinq ?
Nommément : la foi, l'énergie, l'attention, le recueillement et la sagesse. Voilà, moines, ce que sont les cinq facultés d'un moine !
Si un moine cultive ces cinq facultés, il devient un " entré dans le courant " : il obtient de ne plus revenir en arrière

loin de la Loi et il parvient nécessairement à la Voie.

S'il progresse dans cette pratique, il devient quelqu'un " qui n'a plus à revenir qu'une fois " : revenant dans le monde, il épuise cette masse de souffrances.

S'il progresse dans cette voie, il devient quelqu'un qui n'a plus à revenir : sans revenir en ce monde, il s'empare du *Nirvâna*.

S'il progresse dans cette pratique, il épuise les afflictions ; avec un cœur libéré des afflictions, il est délivré et sait qu'il est délivré : " En ce corps-ci, j'ai atteint la réalisation et en moi-même, je vais librement ; le *Samsâra* étant épuisé et la vie sainte accomplie, c'est terminé ; ce qui était à faire étant fait, je sais que je n'aurai plus à renaître. "

C'est en sachant parfaitement tout cela que j'ai appelé " masse de mérites " ces cinq facultés.

Et pourquoi ?

Parce que cette masse de mérites extrêmement grande est la plus merveilleuse de toutes les masses de mérites.

Si l'on ne cultive pas ces qualités, on ne devient, ni un " entré dans le courant ", ni quelqu'un " qui n'a plus à revenir qu'une fois ", ni quelqu'un " qui n'a plus à revenir ", ni un Saint, ni un Bouddha Individuel, ni un Réalisé parvenu à la Véritable et Parfaite Toute-Illumination[5].

Si l'on obtient les facultés du moine, on a la Voie des quatre fruits et des trois véhicules.

Parmi ce que j'appelle " masse de mérites ", ces cinq facultés constituent le sommet. C'est pourquoi, moines, il vous faut chercher le moyen de cultiver ces cinq facultés.

Voilà, moines, ce qu'il vous faut savoir. »

Alors les moines, ayant entendu ce que le Bouddha avait enseigné, le reçurent avec joie et le mirent en pratique.

---

5. Il y a ici la mention des trois idéaux bouddhiques reconnus par toutes les écoles anciennes, y compris le *Theravâda* : l'idéal de Sainteté (*Arhat*) des disciples ou auditeurs (*srâvaka*) ; celui des Bouddhas Individuels ou « pour soi » (*pratyekabuddha*) ; celui des Bouddhas parfaitement accomplis (*samyaksambuddha*) auquel tendent les bodhisattvas. Les soûtras du *Mahâyâna* déprécient les deux premiers au profit du troisième.

2

La première des quatre vertus

Le soûtra que nous donnons maintenant, après l'avoir, lui aussi, puisé dans le trésor du Samyuktâgamasûtra *(T. II, 99, 603, p. 161 a-b), assigne à la foi la première place dans un groupe de quatre vertus salvatrices.*

Ainsi ai-je entendu.

Une fois, le Bouddha demeurait à *Śrâvastî*, au bosquet de *Jeta*, dans le jardin d'*Anâthapindada*.

Alors, il y eut un fils de dieu dont l'apparence était merveilleuse au plus haut degré.

Quand la nuit fut à son terme, il se rendit là où se trouvait le Bouddha, se prosterna aux pieds du Bouddha, puis, s'étant reculé, il s'assit sur un côté. La lumière de son corps éclairait partout le bosquet de *Jeta*, le jardin d'*Anâthapindada*.

Alors, ce fils de dieu interrogea le Bouddha au moyen d'une stance :

Comment traverser les courants passionnés ?
Comment franchir l'océan ?
Comment être capable d'abandonner la souffrance
Et comment obtenir la pureté ?

Alors l'Honoré du Monde récita une stance :

C'est par la foi que l'on peut traverser les courants.
C'est en faisant diligence que l'on franchit l'océan.
C'est par l'énergie que l'on peut rejeter la souffrance.
Et c'est par la sagesse que l'on obtient la pureté.

Alors, ce fils de dieu récita encore une stance :

> Puissions-nous voir longtemps le Religieux,
> Avant qu'il n'atteigne le *Nirvâna*!
> Et quand il aura passé au-delà de toutes les frayeurs,
> Qu'à jamais demeure son amour bienveillant qui surpasse le monde!

Alors ce fils de dieu, ayant entendu ce que le Bouddha avait enseigné, fut réjoui par la joie qui en découle. Il inclina la tête jusqu'aux pieds du Bouddha : aussitôt, il s'évanouit et ne parut plus.

3

Les degrés de la foi

S'il est possible de comparer la foi à un tremplin favorisant le saut réalisé par d'autres vertus, il est également permis de l'envisager à la fois comme le tremplin et les diverses phases du saut.

Le soûtra qu'on va lire maintenant, emprunté à l'Ekottarâgamasûtra (T. II, 125, 10, 9, p. 566 a), distingue trois degrés dans la foi et attribue à chacun d'eux une étape dans la progression vers la Délivrance.

Entendu tel quel.

Une fois, le Bouddha demeurait à *Śrâvastî*, au bosquet de *Jeta*, dans le jardin d'*Anâthapindada*.

Alors l'Honoré du Monde dit aux moines :

« Voici des moines qui cultivent une qualité et aussitôt ils ne peuvent plus se perdre dans les trois mauvaises destinées ; ils vont seulement dans les bonnes destinées et sont prédestinés au *Nirvâna*.

C'est en cultivant quelle qualité qu'ils ne peuvent plus se perdre dans les mauvaises destinées ?

Nommément : un cœur muni d'une foi faible.

C'est en cultivant cette qualité qu'ils ne peuvent plus se perdre dans les mauvaises destinées.

C'est en cultivant quelle qualité qu'ils vont seulement dans les bonnes destinées ?

Nommément : un cœur muni d'une foi forte.

C'est en cultivant cette qualité qu'ils vont seulement dans les bonnes destinées.

C'est en cultivant quelle qualité qu'ils obtiennent de parvenir au *Nirvâna* ?

Nommément : une foi constante et exclusive.

C'est en cultivant cette qualité qu'ils obtiennent de parvenir au *Nirvâna*.

Les moines appliquent donc leur pensée aux racines du bien avec un cœur exclusif.

Voilà, moines, ce qu'il vous faut savoir. »

Alors les moines, ayant entendu ce que le Bouddha avait enseigné, le reçurent avec joie et le mirent en pratique.

4

Le mérite des Refuges

Nous avons vu qu'à la base de toute recherche spirituelle bouddhique se situe la prise des trois Refuges dans le Bouddha, son enseignement et la communauté qui vit selon cet enseignement.

La prise des Refuges est elle-même l'expression de la joie qui résulte de la rencontre des Trois Joyaux et de la foi qui en découle tout naturellement.

*Le soûtra qui suit, tiré de l'*Ekottarâgamasûtra *(T. II, 125, 21, 1, p. 601 c — 602 a-b), exalte les mérites inhérents aux Refuges. L'idée sous-jacente, c'est que, les Trois Joyaux constituant les meilleurs de tous les champs de mérite, planter en eux la graine de la foi, c'est s'assurer les fruits les meilleurs et les plus abondants.*

Entendu tel quel.
Une fois, le Bouddha demeurait à *Śrâvastî*, au bosquet de *Jeta*, dans le jardin d'*Anâthapindada*.
Alors, l'Honoré du Monde dit aux moines :
« Il y a trois mérites à prendre refuge.
Quels sont ces trois ?
1°. le mérite de prendre refuge dans le Bouddha ;
2°. le mérite de prendre refuge dans la Loi ;
3°. le mérite de prendre refuge dans la Communauté.
Qu'appelle-t-on " mérite de prendre refuge dans le Bouddha " ?
Il y a des êtres vivants qui ont deux pieds, quatre pieds, beaucoup de pieds, qui sont matériels ou immatériels, doués de perception ou sans perception, et même, tout en

haut, des dieux sans perception ni absence de perception. Parmi tous les êtres vivants, c'est le Réalisé qui est le plus estimable, le plus élevé, qui n'a pas son pareil.

De la vache, on tire le lait ; du lait, on tire le caillé ; du caillé, ont tire le fromage et, du fromage, on tire le beurre : en tout cela, c'est le beurre qui est le plus estimable, le plus élevé, qui n'a pas son pareil.

Avec le Réalisé, c'est la même chose.

Il y a des êtres vivants qui ont deux pieds, quatre pieds, beaucoup de pieds, qui sont matériels ou immatériels, doués de perception ou sans perception, et même, tout en haut, des dieux sans perception ni absence de perception. Parmi tous les êtres vivants, c'est le Réalisé qui est le plus estimable, le plus élevé, qui n'a pas son pareil.

Si donc les êtres vivants rendent hommage au Bouddha, c'est là le premier des mérites, celui qui consiste à lui rendre hommage. En obtenant ce premier des mérites, on reçoit le bonheur de ceux qui sont au haut du ciel.

Voilà ce qu'on appelle le premier des mérites !

Et qu'appelle-t-on " [mérite de] prendre refuge dans la Loi " ?

Il y a des lois qui impliquent le courant des passions ou n'impliquent pas le courant des passions, qui impliquent l'agir ou le non-agir, qui impliquent le désir ou l'absence de coloration, qui impliquent l'Extinction ou le *Nirvâna*. Parmi ces lois, c'est la Loi du *Nirvâna* qui est la plus estimable, la plus élevée, qui n'a pas sa pareille.

De la vache, on tire le lait ; du lait, on tire le caillé ; du caillé, on tire le fromage et, du fromage, on tire le beurre : en tout cela, c'est le beurre qui est le plus estimable, le plus élevé, qui n'a pas son pareil.

Avec cette Loi, c'est la même chose.

Il y a des lois qui impliquent le courant des passions ou n'impliquent pas le courant des passions, qui impliquent l'agir ou le non-agir, qui impliquent le désir ou l'absence de coloration, qui impliquent l'Extinction ou le *Nirvâna*. Parmi ces lois, c'est la Loi du *Nirvâna* qui est la plus estimable, la plus élevée, qui n'a pas sa pareille.

Si donc les êtres vivants rendent hommage à la Loi, c'est là le premier des mérites, celui qui consiste à lui rendre hommage. En obtenant ce premier des mérites, on reçoit le bonheur de ceux qui sont au haut du ciel.

Voilà ce qu'on appelle le premier des mérites !

Et qu'appelle-t-on " [mérite de] prendre refuge dans l'Assemblée des Saints " ?

Il y a l'Assemblée des Saints, la Grande Assemblée, la Grande Réunion et les sociétés qui prennent forme parmi les êtres vivants. Parmi celles-ci, c'est la Communauté du Réalisé qui est la plus estimable, la plus élevée, qui n'a pas sa pareille.

De la vache, on tire le lait ; du lait, on tire le caillé ; du caillé, on tire le fromage et, du fromage, on tire le beurre : en tout cela, c'est le beurre qui est le plus estimable, le plus élevé, qui n'a pas son pareil.

Avec cette Assemblée, c'est la même chose.

Il y a l'Assemblée des Saints, la Grande Assemblée, la Grande Réunion et les sociétés qui prennent forme parmi les êtres vivants. Parmi celles-ci, c'est la Communauté du Réalisé qui est la plus estimable, la plus élevée, qui n'a pas sa pareille.

Ainsi donc, lui rendre hommage, c'est le premier des mérites. En obtenant ce premier des mérites, on reçoit le bonheur de ceux qui sont au haut du ciel.

Voilà ce qu'on appelle le premier des mérites ! »

Alors l'Honoré du Monde récita ces stances :

1. D'abord, rendre hommage au Bouddha,
   Le plus estimable et le sans-égal ;
   Ensuite, rendre hommage aussi à la Loi,
   Qui est sans désir ni attache ;

2. [Enfin], rendre hommage à l'Assemblée des Saints :
   C'est cela, le meilleur champ de mérite !
   Ceux qui connaissent ce premier des mérites,
   Reçoivent le bonheur le plus haut.

3. Si l'on demeure parmi les êtres qui sont au ciel,
   Pour l'assemblée de ce plan, on sera un vrai guide ;
   On obtiendra aussi le siège le plus merveilleux
   Et naturellement, une nourriture semblable à la douce rosée.

4. Le corps apparaissant sous un vêtement de sept joyaux,
   On sera un objet d'hommage pour les humains.
   En pleine possession de la moralité,
   On aura des facultés sans défauts ni souillures.

5. Recevant aussi la sagesse pareille à l'océan,
   On parviendra peu à peu jusqu'à la sphère du *Nirvâna*.
   C'est grâce à ces trois refuges,
   Qu'on s'avance sur la Voie et cela sans difficulté.

Alors les moines, ayant entendu ce que le Bouddha avait enseigné, le reçurent avec joie et le mirent en pratique.

5

Trois dispositions d'esprit

La foi ressemble à une graine plantée dans notre cœur et qui ne demande qu'à grandir pour donner son fruit. Trois dispositions d'esprit vont alors jouer le rôle du soleil qui éclaire et réchauffe, ou encore celui d'une ondée céleste qui nourrit. Ces trois dispositions d'esprit se confondent avec la pratique des trois souvenirs, celui du Bouddha, celui de la Loi, celui de la Communauté. Les Trois Joyaux apparaissent ainsi comme les trois objets de la foi bouddhique.

*Le soûtra qui suit provient de l'*Ekottarâgamasûtra *(T. II, 125, 21, 4, p. 603 a). Il recommande la pratique des trois souvenirs comme le moyen d'acquérir un cœur plein d'amour bienveillant, de posséder une foi solide et d'être vraiment utile aux proches. En vue de cette pratique, il indique trois formules qu'il faut réciter et repasser dans son esprit. Ces formules reviennent souvent dans les textes et nous aurons l'occasion de les retrouver en lisant, plus loin, d'autres soûtras.*

Entendu tel quel.
Une fois, le Bouddha demeurait à *Śrâvastî*, au bosquet de *Jeta*, dans le jardin d'*Anâthapindada*.
Alors l'Honoré du Monde dit aux moines :
« S'il y a des êtres vivants qui souhaitent éveiller un cœur plein d'amour bienveillant, posséder une pensée de foi solide, recevoir avec respect et servir leurs père et mère, leurs aînés et cadets, leurs parents et membres de leur famille, leurs amis et leurs instructeurs, ils doivent s'affermir en trois dispositions d'esprit.

Quelles sont ces trois ?

Ils doivent produire un cœur plein de joie à l'égard du Réalisé et ne pas l'abandonner :

" Ce Réalisé est un Saint, un Tout-Illuminé, Doué de savoir et de pratique, Béni, Connaisseur du monde, Insurpassable Maître des hommes à éduquer, Instructeur des dieux et des hommes, un Bouddha, un Bienheureux. "

De plus, ils doivent produire une pensée à l'égard de la Bonne Loi :

" Cette Loi du Réalisé a été bien enseignée ; elle est sans obstacles, extrêmement subtile et merveilleuse ; elle est fructueuse et c'est pourquoi le sage doit la connaître. "

Enfin, ils doivent produire aussi une pensée à l'égard de cette Assemblée des Saints :

" L'Assemblée des Saints du Réalisé est tout entière dans l'harmonie et sans désaccord ; elle est dotée de la Loi, dotée de la Moralité, dotée du Recueillement, dotée de la Sagesse, dotée de la Délivrance, dotée de la Connaissance de la Délivrance. C'est cela l'Assemblée des Saints : les quatre paires et les huit sortes d'êtres, les douze Saints. Voilà cette Assemblée des Saints du Réalisé, digne de vénération, digne d'hommage, le meilleur champ de mérites en ce monde. "

S'il y a des êtres vivants qui s'exercent en ces trois dispositions d'esprit, ils réaliseront rapidement de grands fruits et rétributions.

Voilà, moines, ce qu'il vous faut savoir. »

Alors les moines, ayant entendu ce que le Bouddha avait enseigné, le reçurent avec joie et le mirent en pratique.

6

Pour entrer dans le courant

Le texte court que nous présentons maintenant, emprunté au Samyuktâgamasûtra *(T. II, 99, 1127, p. 298 c), est comme le frère du soûtra « Miroir de la Loi » que nous avons lu plus haut (ch. I, 5). Il propose la foi inébranlable dans le Bouddha, la Loi et la Communauté ainsi que l'accomplissement des préceptes comme les signes qu'on est engagé d'une manière irréversible sur la Voie, ayant obtenu le fruit de celui qui est « entré dans le courant ».*

Ainsi ai-je entendu.

Une fois, le Bouddha demeurait à *Śrâvastî*, au bosquet de *Jeta*, dans le jardin d'*Anâthapindada*.

Alors l'Honoré du Monde dit aux moines :

« Si on réalise quatre qualités, on sait qu'on est " entré dans le courant ".

Quelles sont ces quatre ?

Nommément : la foi inébranlable dans le Bouddha, la foi inébranlable dans la Loi, la foi inébranlable dans la Communauté et l'accomplissement des saints préceptes.

Si on réalise les quatre qualités susdites, on sait qu'on est " entré dans le courant ". »

Quand le Bouddha eut fini d'exposer ce soûtra, les moines, ayant entendu ce que le Bouddha avait enseigné, le reçurent avec joie et le mirent en pratique.

7

La foi inébranlable conduit au ciel

Le petit soûtra qui suit est tiré, lui aussi, du Samyuktâgamasûtra *(T. II, 99, 1124, p. 298 b-c). Il laisse clairement entendre que la foi inébranlable dans l'un des Trois Joyaux ou l'amour des saints préceptes peuvent assurer une renaissance dans un plan céleste après la mort. La conscience qu'on possède alors de cette causalité confère un bonheur sans pareil et devient à son tour la cause d'une nouvelle renaissance céleste.*

Ainsi ai-je entendu.
Une fois, le Bouddha demeurait à *Kapilavastu,* dans le parc des banians.
Alors l'Honoré du Monde dit aux moines :
« Si de nobles disciples ont obtenu de réaliser la foi inébranlable dans le Bouddha et s'ils ont obtenu en premier lieu de renaître comme des dieux avec la réalisation de la foi inébranlable dans le Bouddha comme cause et condition de renaissance, tous éprouvent une grande joie et disent : " C'est parce que j'ai obtenu la réalisation de la foi inébranlable dans le Bouddha comme cause et condition que je suis venu renaître dans cette bonne destinée au ciel. "
Ces nobles disciples, obtenant du même coup la réalisation de la foi inébranlable dans le Bouddha, du fait de cette cause et condition, iront de nouveau renaître dans cette bonne destinée au ciel.
On peut en dire autant de la foi inébranlable dans la Loi

et la Communauté, ainsi que de l'accomplissement des saints préceptes. »

Quand le Bouddha eut fini d'exposer ce soûtra, les moines, ayant entendu ce que le Bouddha avait enseigné, le reçurent avec joie et le mirent en pratique.

8

A propos du doute

Nous ne pouvons clore ce chapitre consacré à la foi sans accorder une place à son contraire : le doute.

Un bref discours du Samyuktâgamasûtra *(T. II, 99, 420, p. 111 a) traite du développement de ce que l'on peut regarder comme une véritable maladie de l'esprit.*

Ce texte est intéressant, parce qu'il relie la foi dans les Trois Joyaux à la foi dans les quatre Nobles Vérités. Et en effet, celui qui constate le bien-fondé de cet enseignement fondamental éprouve de la foi à l'égard de celui qui l'a énoncé et, par voie de conséquence, à l'égard des autres points de cet enseignement et à l'égard aussi de la Communauté qui en manifeste les bienfaits et le transmet à travers les âges. En revanche, si le doute s'insinue à l'égard de chacune des Nobles Vérités, il s'étend également aux Trois Joyaux : celui qui doute ne pourra donc pas en recevoir les bienfaits et il restera prisonnier de son aveuglement.

Ainsi ai-je entendu.

Une fois, le Bouddha demeurait à *Râjagriha*, dans le jardin des bambous de *Karanda*.

Alors l'Honoré du Monde dit aux moines :

« Si un religieux ou un brahmane a des doutes à l'égard de la Noble Vérité de la Souffrance, il aura aussi des doutes à l'égard du Bouddha, il aura aussi des doutes à l'égard de la Loi et de la Communauté.

Et s'il a des doutes à l'égard de l'Origine de la Souffrance, à l'égard de la Cessation et du Chemin, il aura aussi des doutes à l'égard du Bouddha, il aura aussi des doutes à l'égard de la Loi et de la Communauté.

Mais s'il n'a pas de doute à l'égard de la Noble Vérité de la Souffrance, il n'aura pas non plus de doute à l'égard du Bouddha, il n'aura pas non plus de doute à l'égard de la Loi et de la Communauté.

Et s'il n'a pas de doute à l'égard de l'Origine, de la Cessation et du Chemin, il n'aura pas non plus de doute à l'égard du Bouddha, il n'aura pas non plus de doute à l'égard de la Loi et de la Communauté. »

Quand le Bouddha eut fini d'exposer ce soûtra, les moines, ayant entendu ce que le Bouddha avait enseigné, le reçurent avec joie et le mirent en pratique.

III

La moralité

1

Les actions favorables et défavorables

Vu le nombre de discours qui les mentionnent ou les précisent, louant leurs bons effets, il semble que le Bouddha ait accordé une place primordiale aux principes moraux (śîla).

En réalité, le Bienheureux assigne à la moralité et aux « préceptes » un rôle bien défini : selon lui, une bonne moralité entraîne de bons effets et notamment une bonne renaissance après la mort, tandis qu'une mauvaise conduite mène tout droit aux mauvaises destinées et attire toutes sortes d'ennuis. Bien que les principes moraux soient incapables de conduire à la Délivrance, le Maître insiste cependant sur leur respect, car c'est seulement dans les destinées favorables auxquelles ils conduisent qu'il est possible d'atteindre le Nirvâna.

Le Bouddha ne se présente jamais comme un législateur, encore moins comme un juge; il ne prétend pas non plus parler au nom d'une divinité suprême jouant ce double rôle : il se contente de décrire la loi naturelle de la rétribution des actes et, avec une infatigable compassion, il en tire des recommandations, laissant à ses auditeurs l'entière liberté de les suivre ou non.

*Le soûtra qu'on va lire appartient à l'*Ekottarâgamasûtra *(T. II, 125, 47, 1, p. 780 c-781 a). Il énumère successivement dix actes — trois corporels, quatre vocaux et trois mentaux —, qui conduisent tout naturellement aux mauvaises destinées, dix autres dont le fruit est la renaissance dans les plans célestes et dix pratiques qui font entrer dans le domaine du Nirvâna. Ces dernières ne relèvent pas à proprement parler* *de la moralité, mais de la culture mentale : nous les retrouverons avec plus d'informations au chapitre VII.*

Entendu tel quel.
Une fois, le Bouddha demeurait à *Śrâvastî*, au bosquet de *Jeta*, dans le jardin d'*Anâthapindada*.
Alors l'Honoré du Monde dit aux moines :
« En accomplissant dix choses, les êtres vivants renaissent au haut du ciel. De plus, en accomplissant dix choses, ils renaissent dans les mauvaises destinées. Enfin, en accomplissant dix choses, ils entrent dans le domaine du *Nirvâna*.

C'est en accomplissant quelles dix choses qu'ils renaissent dans les mauvaises destinées ?

En tuant les êtres vivants, en volant, en étant impudiques [6], en mentant, en injuriant, en bavardant vainement [7], en médisant de manière à faire se disputer les gens, en ayant de la jalousie, en ayant de la haine, en éveillant des idées fausses. Telles sont ces dix choses.

C'est en accomplissant ces dix choses que les êtres vivants renaissent dans les mauvaises destinées.

Et c'est en accomplissant quelles dix choses qu'ils renaissent au haut du ciel ?

En ne tuant pas, en ne volant pas, en n'étant pas impudiques, en ne mentant pas, en ne bavardant pas vainement, en n'injuriant pas, en ne médisant pas de manière à faire se disputer les gens, en n'ayant pas de jalousie, en n'ayant pas de haine, en n'éveillant pas d'idées fausses.

C'est en accomplissant ces dix choses que les êtres vivants renaissent au haut du ciel.

Et c'est en accomplissant quelles dix choses qu'ils obtiennent d'atteindre le *Nirvâna* ?

---

6. Ce que les Chinois traduisent par « impudicité » ou « adultère », c'est une conduite sexuelle illégitime, qui lèse les droits d'autrui, à commencer par l'adultère proprement dit et le viol.
7. Le vain bavardage, ce sont des propos légers qui peuvent inciter autrui à mal se comporter.

Il s'agit des dix souvenirs : le souvenir du Bouddha, le souvenir de la Loi, le souvenir de la Communauté des moines, le souvenir des dieux, le souvenir de la moralité, le souvenir du don, l'attention à la respiration, le souvenir de la paix, le souvenir du corps, le souvenir de la mort.

C'est en accomplissant ces dix choses qu'ils obtiennent d'atteindre le *Nirvâna*.

Moines, il vous faut savoir que ceux qui renaissent au ciel ou dans les mauvaises destinées doivent songer à abandonner ces dix choses [mauvaises] et que ceux qui obtiennent d'atteindre le *Nirvâna* se livrent aux excellentes pratiques.

Voilà, moines, ce qu'il vous faut savoir. »

Alors les moines, ayant entendu ce que le Bouddha avait enseigné, le reçurent avec joie et le mirent en pratique.

2

Fruits divers des actions mauvaises

*Voici maintenant un autre soûtra de l'*Ekottarâgamasûtra *(T. II, 125, 48, 1, p. 785 c-786 a), qui vient apporter d'utiles compléments au soûtra précédent.*

Ce texte émet une appréciation plus nuancée sur les actes mauvais que nous avons vus entraîner une renaissance dans les mauvaises destinées : il prévoit en effet que l'on peut aussi renaître parmi les humains.

Pour comprendre cela, il faut savoir que les actes dignes de ce nom, c'est-à-dire découlant d'une décision libre précédée d'une délibération, n'ont pas tous la même importance. Parmi eux, en effet, il en est un dont la trace est plus marquée au fond de notre conscience : se manifestant au moment de notre mort, c'est lui qui projettera notre prochaine existence, bonne ou mauvaise selon sa nature. Nos autres actes apporteront une coloration particulière, bonne ou mauvaise, à cette vie future, ou encore, selon leur nature, demeureront comme un germe latent qui portera son fruit dans une existence ultérieure. C'est une telle manière de voir que reflète ce discours, étant bien entendu qu'un exposé semblable pourrait être développé à propos des actes bons.

Entendu tel quel.

Une fois, le Bouddha demeurait à *Śrâvastî*, au bosquet de *Jeta*, dans le jardin d'*Anâthapindada*.

Alors l'Honoré du Monde dit aux moines :

« Ces êtres vivants qui pratiquent le meurtre des êtres vivants ou propagent le meurtre des êtres vivants, sèment les tourments des trois mauvaises destinées ; s'ils renaissent parmi les humains, la durée de leur vie sera courte.

Et pourquoi ?

Parce qu'ils ont nui à la vie d'autrui.

S'il y a des êtres vivants qui s'emparent des biens d'autrui, ils sèment les tourments des trois mauvaises destinées. S'ils renaissent parmi les humains, ils rencontreront toujours la pauvreté, la nourriture ne remplira pas leur bouche et leurs vêtements ne couvriront pas leur corps. Tout cela à cause du vol, parce qu'ils ont pillé les biens d'autrui.

S'il y a des êtres vivants qui se livrent à l'impudicité et à la débauche, ils sèment les tourments des trois mauvaises destinées. S'ils renaissent parmi les humains, leur famille ne sera à leur égard ni fidèle ni sincère : elle les volera en cachette ou se livrera à la débauche.

S'il y a des êtres vivants qui mentent, ils sèment les tourments des enfers. S'ils renaissent parmi les humains, ils seront pour ceux-ci un objet de mépris ; leur parole ne sera pas crue et n'aura aucune valeur devant les hommes.

Et pourquoi ?

Tout cela provient des mensonges de leurs vies antérieures.

S'il y a des êtres vivants qui parlent à double sens, ils sèment les tourments des trois mauvaises destinées. S'ils renaissent parmi les humains, leur cœur sera toujours instable et ils seront constamment inquiets.

Et pourquoi ?

Cela provient des paroles creuses et à double sens qu'ils ont propagées.

S'il y a des êtres vivants qui parlent grossièrement, ils sèment les tourments des trois mauvaises destinées. S'ils renaissent parmi les humains, ils seront détestables à leurs yeux et l'on se plaira constamment à leur crier des injures.

Et pourquoi ?

Cela provient du fait que leurs paroles ne furent ni choisies ni correctes.

S'il y a des êtres vivants qui font se quereller les gens, ils sèment les tourments des trois mauvaises destinées. S'ils renaissent parmi les humains, ils auront beaucoup d'ennemis ; comme ils détesteront leurs proches, ceux-ci s'écarteront d'eux.

Et pourquoi ?

Cela provient des querelles qu'ils ont provoquées dans leurs vies antérieures.

S'il y a des êtres vivants qui sont envieux, ils sèment les tourments des trois mauvaises destinées. S'ils renaissent parmi les humains, ils seront dans le dénuement.

Et pourquoi ?

Parce qu'ils ont fait se lever en eux la convoitise.

S'il y a des êtres vivants qui font se lever l'intention de nuire, ils sèment les tourments des trois mauvaises destinées. S'ils renaissent parmi les humains, ils ne sauront pas discerner les nombreuses choses qui sont vides et trompeuses : leur esprit sera confus et instable.

Et pourquoi ?

Tout cela provient des pensées de colère qu'ils ont eues dans leurs vies antérieures ; ils n'ont eu, en effet, ni amour ni compassion.

S'il y a des êtres vivants qui suivent des vues fausses, ils sèment les tourments des trois mauvaises destinées. S'ils renaissent parmi les humains, pour sûr, ce sera dans des régions écartées : ils ne renaîtront pas dans le Pays du Milieu[8] ; ils ne rencontreront pas la Voie des Trois Honorés, ni le son de la Loi, ou bien encore ils seront sourds, aveugles, muets et l'aspect de leur corps sera aberrant ; ils ne discerneront pas les comportements dus à la Bonne Loi de ceux dus aux doctrines mauvaises.

Et pourquoi ?

Tout cela provient des racines de doute de leurs vies antérieures et aussi de leur manque de confiance dans les religieux, les brahmanes, leurs père et mère, leurs frères aînés ou cadets.

Moines, sachez-le : c'est en rétribution de ces dix mauvaises actions que se présentent ces dix calamités. C'est

---

8. Le « Pays du Milieu » n'est pas ici la Chine, ni tout à fait l'actuel Madhya Pradesh, mais la région où l'on dit qu'ont vécu *Sâkyamuni* et ses prédécesseurs, c'est-à-dire : l'Uttar Pradesh, le Bihâr et une frange du Népal.

pourquoi, moines, il vous faut écarter ces dix mauvaises actions et cultiver la juste manière de voir.

Voilà, moines, ce qu'il vous faut savoir. »

Alors les moines, ayant entendu ce que le Bouddha avait enseigné, le reçurent avec joie et le mirent en pratique.

3

Les cinq « préceptes »

*La plupart du temps, une personne qui prend les Refuges s'engage à garder les « préceptes ». A cause de cela, nous donnons maintenant le chapitre entier de l'*Ekottarâgamasûtra *intitulé « Les cinq " préceptes " » (T. II, 125, 14, 1 — 10, p. 576 a-577 a).*

Avouons tout de suite que le terme de « préceptes » couramment employé prête à confusion : il suppose en effet un législateur qui les promulgue et nous avons vu que le Bouddha ne s'est jamais présenté comme tel. En réalité, le Maître a employé pour les désigner l'expression de « règles d'entraînement » (sikshâpada), *ce qui définit tout un esprit.*

Ces règles, le Bienheureux les a tirées de la série des dix actions favorables : en effet, les quatre premières de celles-ci correspondent aux quatre premières de celles-là, la cinquième étant seule différente.

*Le chapitre de l'*Ekottarâgamasûtra *se compose de dix petits soûtras que, malgré les redites, nous reproduisons intégralement.*

1) Entendu tel quel.

Une fois, le Bouddha demeurait à *Śrâvastî*, au bosquet de *Jeta*, dans le jardin d'*Anâthapindada.*

Alors l'Honoré du Monde dit aux moines :

« Parmi ces nombreux comportements, je n'en vois qu'un seul par lequel, si on l'a cultivé et cultivé longtemps, on obtient d'aller en enfer, on obtient d'aller dans les naissances animales, on obtient d'aller chez les revenants faméliques et, si l'on renaît chez les humains, on est doté d'une vie extrêmement courte : c'est le fait de tuer les êtres vivants.

Moines, si quelqu'un se plaît à tuer les êtres vivants, il tombera en enfer, chez les revenants faméliques ou dans les naissances animales et, s'il renaît parmi les humains, il sera doté d'une vie extrêmement courte.

Et pourquoi ?

Parce qu'il a détruit la vie d'autrui.

C'est pourquoi, moines, il vous faut vous appliquer à ne pas tuer les êtres vivants.

Voilà, moines, ce qu'il vous faut savoir. »

Alors les moines, ayant entendu ce que le Bouddha avait enseigné, le reçurent avec joie et le mirent en pratique.

2) Entendu tel quel.

Une fois, le Bouddha demeurait à *Śrâvasti,* au bosquet de *Jeta,* dans le jardin d'*Anâthapindada.*

Alors l'Honoré du Monde dit aux moines :

« Parmi ces nombreux comportements, je n'en vois qu'un seul par lequel, si on l'a cultivé et cultivé longtemps, on reçoit du bonheur parmi les humains, on reçoit du bonheur au haut du ciel et on obtient d'atteindre le *Nirvâna :* c'est le fait de ne pas tuer les êtres vivants. »

Le Bouddha dit aux moines :

« Si quelqu'un s'abstient de tuer les êtres vivants, s'il ne songe pas à les tuer, il recevra une vie extrêmement longue.

Et pourquoi ?

Parce qu'il n'a pas cherché à nuire.

C'est pourquoi, moines, il vous faut vous appliquer à ne pas tuer les êtres vivants.

Voilà, moines, ce qu'il vous faut savoir. »

Alors les moines, ayant entendu ce que le Bouddha avait enseigné, le reçurent avec joie et le mirent en pratique.

3) Entendu tel quel.

Une fois, le Bouddha demeurait à *Śrâvasti,* au bosquet de *Jeta,* dans le jardin d'*Anâthapindada.*

Alors l'Honoré du monde dit aux moines :

« Parmi ces nombreux comportements, je n'en vois qu'un seul par lequel, si on l'a cultivé et cultivé longtemps, on obtient d'aller en enfer, chez les revenants faméliques ou dans les naissances animales et, si l'on renaît parmi les humains, on se trouve extrêmement pauvre, les vêtements ne couvrant pas le corps et la nourriture ne remplissant pas la bouche : c'est le fait de voler.

Moines, si quelqu'un se plaît à voler et à s'emparer du bien d'autrui, il tombera en enfer, chez les revenants faméliques ou dans les naissances animales et, s'il renaît parmi les humains, il sera extrêmement pauvre.

Et pourquoi ?

Parce qu'il a dépouillé les autres.

C'est pourquoi, moines, il vous faut vous appliquer à éviter de prendre ce qui ne vous est pas donné.

Voilà, moines, ce qu'il vous faut savoir. »

Alors les moines, ayant entendu ce que le Bouddha avait enseigné, le reçurent avec joie et le mirent en pratique.

4) Entendu tel quel.

Une fois, le Bouddha demeurait à *Śrâvasti*, au bosquet de *Jeta*, dans le jardin d'*Anâthapindada*.

Alors l'Honoré du Monde dit aux moines :

« Parmi ces nombreux comportements, je n'en vois qu'un seul par lequel, si on l'a cultivé et cultivé longtemps, on reçoit du bonheur parmi les humains, on reçoit du bonheur au haut du ciel et on obtient d'atteindre le *Nirvâna* : c'est le fait de donner largement. »

Le Bouddha dit aux moines :

« Si quelqu'un pratique le don largement, en sa vie actuelle, il obtient d'être en forme, il obtient beaucoup de force et plénitude de qualités, puis, au haut du ciel ou parmi les humains, il sera riche et son bonheur sera sans mesure.

C'est pourquoi, moines, il vous faut pratiquer le don et ne pas avoir un cœur avare.

Voilà, moines, ce qu'il vous faut savoir. »

Alors les moines, ayant entendu ce que le Bouddha avait enseigné, le reçurent avec joie et le mirent en pratique.

5) Entendu tel quel.

Une fois, le Bouddha demeurait à *Śrâvasti*, au bosquet de *Jeta*, dans le jardin d'*Anâthapindada*.

Paroles du Bouddha

Alors l'Honoré du Monde dit aux moines :

« Parmi ces nombreux comportements, je n'en vois qu'un seul par lequel, si on l'a cultivé et cultivé longtemps, on obtient d'aller en enfer, chez les revenants faméliques ou dans les naissances animales et, si l'on renaît parmi les humains, on a chez soi le trouble de l'adultère et non une conduite pure, on est ridiculisé par les gens et couvert de quolibets.

Quel est ce comportement ?

C'est le fait d'avoir des relations sexuelles illégitimes. »

Le Bouddha dit aux moines :

« Si quelqu'un est impudique, licencieux et, sans se contrôler, fait l'amour avec l'épouse d'un autre, il tombera en enfer, chez les revenants faméliques ou dans les naissances animales et, s'il renaît parmi les humains, la porte de sa chambre sera souillée par l'impudicité.

C'est pourquoi, moines, il vous faut toujours avoir des pensées correctes : n'éveillez pas en vous des pensées impudiques, ne soyez pas adultères.

Voilà, moines, ce qu'il vous faut savoir. »

Alors les moines, ayant entendu ce que le Bouddha avait enseigné, le reçurent avec joie et le mirent en pratique.

6) Entendu tel quel.

Une fois, le Bouddha demeurait à *Śrâvastî,* au bosquet de *Jeta,* dans le jardin d'*Anâthapindada.*

Alors l'Honoré du Monde dit aux moines :

« Parmi ces nombreux comportements, je n'en vois qu'un seul par lequel, si on l'a cultivé et cultivé longtemps, on reçoit du bonheur parmi les humains, on reçoit du bonheur au haut du ciel et on obtient d'atteindre le *Nirvâna :* c'est le fait de ne pas être adultère, d'avoir les membres de son corps propres et de bonne odeur et de ne pas avoir de pensées obscènes. »

Le Bouddha dit aux moines :

« Si quelqu'un a son corps pur et s'il n'est pas adultère, il recevra du bonheur au haut du ciel ou parmi les humains.

C'est pourquoi, moines, n'ayez pas de relations sexuelles illégitimes et n'éveillez pas en vous de pensées impudiques.

Voilà, moines, ce qu'il vous faut savoir. »

Alors les moines, ayant entendu ce que le Bouddha avait enseigné, le reçurent avec joie et le mirent en pratique.

7) Entendu tel quel.
Une fois, le Bouddha demeurait à *Śrâvastî*, au bosquet de *Jeta*, dans le jardin d'*Anâthapindada*.
Alors l'Honoré du Monde dit aux moines :
« Parmi ces nombreux comportements, je n'en vois qu'un seul par lequel, si on l'a cultivé et cultivé longtemps, on obtient d'aller en enfer, chez les revenants faméliques ou dans les naissances animales et, si l'on renaît parmi les humains, on possède une haleine fétide de sorte qu'on est détesté par les gens : c'est le fait de dire des mensonges.
Moines, si quelqu'un dit des mensonges ou tient des propos trompeurs, qu'il en résulte ou non des querelles, il tombera en enfer, dans les naissances animales ou chez les revenants faméliques.
Et pourquoi ?
Parce qu'il a dit des mensonges.
C'est pourquoi, moines, il vous faut être sincères et véridiques, et ne pas dire de mensonges.
Voilà, moines, ce qu'il vous faut savoir. »
Alors les moines, ayant entendu ce que le Bouddha avait enseigné, le reçurent avec joie et le mirent en pratique.

8) Entendu tel quel.
Une fois, le Bouddha demeurait à *Śrâvastî*, au bosquet de *Jeta*, dans le jardin d'*Anâthapindada*.
Alors l'Honoré du Monde dit aux moines :
« Parmi ces nombreux comportements, je n'en vois qu'un seul par lequel, si on l'a cultivé et cultivé longtemps, on reçoit du bonheur parmi les humains, on reçoit du bonheur au haut du ciel et on obtient d'atteindre le *Nirvâna*.
Quel est cet unique comportement ?
C'est le fait de ne pas dire de mensonges.
Moines, si quelqu'un ne dit pas de mensonges, son haleine sera de bonne odeur et la vertu de sa renommée se répandra au loin.

Paroles du Bouddha

C'est pourquoi, moines, il vous faut progresser sans dire de mensonges.

Voilà, moines, ce qu'il vous faut savoir. »

Alors les moines, ayant entendu ce que le Bouddha avait enseigné, le reçurent avec joie et le mirent en pratique.

9) Entendu tel quel.

Une fois, le Bouddha demeurait à *Śrâvastî,* au bosquet de *Jeta,* dans le jardin d'*Anâthapindada.*

Alors l'Honoré du Monde dit aux moines :

« Parmi ces nombreux comportements, je n'en vois qu'un seul par lequel, si on l'a cultivé et cultivé longtemps, on reçoit un châtiment dans les naissances animales, chez les revenants faméliques ou en enfer et, si on renaît parmi les humains, on se trouve grossier, stupide et indécis, ou encore, ne connaissant pas la vérité, on est dans la confusion : c'est le fait de s'adonner à l'alcool[9].

Moines, si quelqu'un aime s'adonner à l'alcool, quel que soit le lieu où il renaisse, étant dépourvu de sagesse, il sera entouré par des sots.

Ainsi donc, moines, ayez à cœur de ne pas vous adonner à l'alcool.

Voilà, moines, ce qu'il vous faut savoir. »

Alors les moines, ayant entendu ce que le Bouddha avait enseigné, le reçurent avec joie et le mirent en pratique.

10) Entendu tel quel.

Une fois, le Bouddha demeurait à *Śrâvastî,* au bosquet de *Jeta,* dans le jardin d'*Anâthapindada.*

Alors l'Honoré du Monde dit aux moines :

« Parmi ces nombreux comportements, aucun n'est supérieur à celui-là : si on l'a cultivé et cultivé longtemps, on reçoit du bonheur parmi les humains, on reçoit du bonheur au haut du ciel et on obtient d'atteindre le *Nirvâna.*

Quel est ce comportement unique ?

---

9. Le texte dit : « boire de l'alcool ». Le but de cette abstention, c'est d'éviter de s'aveugler l'esprit au point de commettre des bêtises par la parole ou l'action. Il y a eu des interprétations plus ou moins rigoristes de ce « précepte », comme d'ailleurs des quatre autres.

C'est le fait de ne pas s'adonner à l'alcool.

Moines, si quelqu'un ne s'adonne pas à l'alcool, il renaîtra avec un esprit clair et pénétrant ; il ne sera pas stupide ; connaissant largement les livres, il n'aura pas une pensée confuse.

Voilà, moines, ce qu'il vous faut savoir. »

Alors les moines, ayant entendu ce que le Bouddha avait enseigné, le reçurent avec joie et le mirent en pratique.

4

Le parfum des « préceptes »

Le soûtra dont nous allons prendre connaissance provient du Samyuktâgamasûtra *(T. II, 99, 1073, p. 278 c-279 a). Il nous enseigne que la pratique des cinq « préceptes » est une source de bonheur pour autrui : celui ou celle qui les garde avec fidélité rayonne en effet sur ses proches et sa renommée se propage au loin comme un parfum qui se répand, non seulement selon le vent, mais aussi contre lui.*

Ainsi ai-je entendu.

Une fois, le Bouddha demeurait à *Śrâvastî*, au bosquet de *Jeta*, dans le jardin d'*Anâthapindada*.

Alors le Vénérable *Ananda*, se trouvant seul dans un endroit calme, fit cette réflexion :

« Il y a trois sortes de parfums qui se répandent en suivant le vent, mais sont incapables d'aller contre le vent. Quels sont ces trois ? Nommément : le parfum de la racine, le parfum de la tige, le parfum de la fleur. Peut-être y a-t-il un parfum qui se répand selon le vent, se répand contre le vent, se répand à la fois selon le vent et contre le vent ? »

Ayant poursuivi sa méditation durant l'après-midi, il comprit et se rendit auprès du Bouddha.

Il inclina la tête jusqu'aux pieds du Bouddha, puis il recula et, se tenant sur un côté, il s'adressa au Bouddha et lui dit :

« Honoré du Monde ! tandis que j'étais seul dans un endroit calme, je fis cette réflexion :

" Il y a trois sortes de parfums qui se répandent en suivant le vent, mais sont incapables d'aller contre le vent.

Quels sont ces trois ? Nommément : le parfum de la racine, le parfum de la tige, le parfum de la fleur. Peut-être y a-t-il un parfum qui se répand selon le vent, se répand contre le vent, se répand à la fois selon le vent et contre le vent ? " »

Le Bouddha dit à *Ananda* :

« Tu as raison, tu as raison !

Il y a trois sortes de parfums qui se répandent en suivant le vent, mais sont incapables d'aller contre le vent. Quels sont ces trois ? Nommément : le parfum de la racine, le parfum de la tige, le parfum de la fleur. Mais aussi, *Ananda,* il y a un parfum qui se répand selon le vent, se répand contre le vent, se répand à la fois selon le vent et contre le vent.

Ananda ! celui qui se répand selon le vent, se répand contre le vent, se répand à la fois selon le vent et contre le vent, c'est, *Ananda,* celui des fils et des filles de bien qui, demeurant au cœur des villes et des villages, réalisent la Loi de Vérité et mènent jusqu'au bout leur vie corporelle sans tuer les êtres vivants, sans voler, sans commettre l'adultère, sans mentir et sans boire d'alcool.

Eh bien ! ces fils et ces filles de bien, il n'est aucun des grands hommes bons et éminents dans les huit directions, en haut et en bas, qui ne les louent en disant :

" Dans telle direction, dans tel village, il y a des fils et des filles de bien qui se sont purifiés en gardant les préceptes et ont réalisé la Loi de Vérité : ils ont mené jusqu'au bout leur vie sans tuer, sans voler, sans commettre l'adultère, sans mentir et sans boire d'alcool. "

Ananda, voilà ce qu'on appelle le parfum qui se répand selon le vent, se répand contre le vent, se répand à la fois selon le vent et contre le vent. »

Alors l'Honoré du Monde récita ces stances :

> Ce n'est pas le parfum de la racine, de la tige et de la fleur
> Qui pourrait aller contre le vent et se répandre.
> C'est seulement le parfum de l'homme et de la femme de bien
> Purifiés par les préceptes,
> Qui, dans un sens ou dans l'autre, remplit toutes les directions
> Et n'est pas sans être senti partout.

Le *Tagara* et le *Candana*,
L'*Utpala* et le *Mallikâ*,
Tous ces parfums-là,
Le parfum des préceptes les surpasse extrêmement.

Le parfum du *Candana* et les autres
Se répandent en d'étroites limites :
Seul le parfum de qualité des préceptes
Se répand en montant jusqu'au ciel.

Ceux qui reçoivent correctement, sans le laisser s'échapper,
Le parfum des purs préceptes,
Sont vraiment des sages et se libèrent :
Dans les voies de *Mâra*[10], ils ne pourront plus pénétrer.

Voici ce qu'on appelle la Voie de la Tranquillité :
Cette Voie, c'est la Pureté.
Elle conduit vraiment au Recueillement merveilleux
Et détruit tous les nœuds de *Mâra*.

Quand le Bouddha eut fini d'exposer ce soûtra, le Vénérable *Ananda,* ayant entendu ce que le Bouddha avait enseigné, éprouva la joie qui en découle. Il fit la révérence et se retira.

---

10. *Mâra* est le roi du sixième ciel, au sommet de notre monde du Désir, et, comme tel, il s'efforce de nous y faire demeurer, d'où le rôle de tentateur qui lui est généralement attribué.

5

La salutation
des six quartiers

Il existe, dans les anciennes écritures du bouddhisme, un texte assez long particulièrement indiqué pour les disciples laïcs : il définit en effet les multiples devoirs de ceux-ci à l'égard des personnes qu'ils côtoient dans la vie. Ce texte fait partie du Dîrghâgamasûtra *(T. I, 1, 16, p. 70 a-72 c ; cf.* Dighanikâya *n° 31). On en trouve une autre version dans le* Madhyamâgamasûtra *(T. I, 26, 135, p. 638 c-642 a). Il en existe aussi deux traductions chinoises indépendantes (T. I, 16, p. 250 c-252 b ; 17, p. 252 b-255 a). Nous avons choisi de reproduire ici la troisième de ces versions, qui est la plus courte, en laissant tomber la série de stances qui lui est accolée, mais sans lien réel avec elle.*

Ce texte (p. 250 c-251 c) est difficile à interpréter, car il présente beaucoup de divergences avec les autres versions et plusieurs expressions qu'il utilise sont susceptibles de recevoir des significations variées : notre traduction est en conséquence assez libre.

Intitulé « Soûtra adressé à Śrîgâlavâda *sur la salutation des six quartiers », ce texte est manifestement adapté à une société donnée, probablement celle d'une province de l'Empire chinois assez éloignée du centre et terrain d'action missionnaire du traducteur. Il s'agit d'une société sans caste dont la cellule de base est la famille monogamique : comme dans beaucoup de sociétés anciennes, la mère règne sur le foyer, tandis que le père, qui assure les moyens de subsistance de sa femme, de ses enfants et de la domesticité, s'absente dès le matin pour vaquer à diverses occupations. Le texte suit les périodes de la vie : il commence par les devoirs de l'enfant auxquels répondent ceux de ses parents ; l'enfant va « à l'école », c'est pourquoi le texte donne ensuite les devoirs réciproques du maître et des élèves ; comme l'enfant grandit et se marie, il est nécessaire alors de préciser les devoirs respectifs des conjoints. La période des activités professionnelles ou autres est illustrée par les relations avec les amis et les devoirs réciproques du patron et de ses employés. Le tout est couronné par l'énoncé des rapports qui doivent exister entre les moines et les disciples laïcs.*

Le Bouddha demeurait à *Râjagriha*, sur le Mont Vautour.

Il y avait alors un fils de chef de famille nommé *Śrîgâlavâda*.

Celui-ci se leva de bon matin et promptement se lava et s'habilla, puis il fit une quadruple salutation vers l'Est, une quadruple salutation vers le Sud, une quadruple salutation vers l'Ouest, une quadruple salutation vers le Nord, une quadruple salutation vers le Ciel, une quadruple salutation vers la Terre.

Le Bouddha arriva dans sa région et l'aperçut de loin. S'approchant de sa maison, il lui demanda :

« Pourquoi salues-tu les six quartiers ? C'est pour obéir à quelle prescription ? »

Śrîgâlavâda répondit :

« Quand mon père était encore vivant, il m'a appris à saluer les six quartiers, mais je ne sais pas pourquoi. Maintenant qu'il est mort, je n'ose pas abandonner cet héritage. »

Le Bouddha dit :

« Ton père t'a sans doute appris à saluer les six quartiers, mais ce n'est pas avec le corps qu'il faut les saluer ! »

Śrîgâlavâda se mit à genoux et dit :

« Que le Bouddha m'explique le sens de cette salutation des six quartiers ! »

Le Bouddha dit :

« Écoute-moi bien et réfléchis au-dedans de toi. S'il y a un chef de famille qui, en homme avisé, est capable d'observer quatre règles sans les enfreindre, en cette vie même, il est un objet de vénération pour les humains, puis, après cette vie, il renaît au haut du ciel : 1°. il ne tue pas ; 2°. il ne vole pas ; 3°. il ne fait pas l'amour avec la femme d'un autre ; 4°. il ne profère ni mensonge ni calomnie.

Quant aux désirs du cœur, à la convoitise, à la haine et à la sottise, il lui faut les couper et ne pas les écouter.

S'il n'est pas capable de couper ces quatre passions, sa mauvaise réputation se répandra chaque jour : c'est comme quand la lune décline : sa lumière graduellement s'obscurcit. Mais si cet homme est capable de couper ces mauvaises pensées, c'est comme la lune naissante du premier jour : sa lumière croît progressivement jusqu'au moment de sa plénitude, le quinzième jour. »

Le Bouddha dit :

« Il y a encore six choses qui s'amenuisent comme l'éclat d'une pièce de monnaie : 1°. le plaisir qu'il y a à boire de l'alcool ; 2°. le plaisir qu'il y a à entasser des biens ; 3°. le plaisir qu'il y a à rester au lit le matin et à se lever tard ; 4°. le plaisir qu'il y a à lancer des invitations dans l'espoir d'être invité en retour ; 5°. le plaisir qu'il y a à s'associer avec de mauvais amis ; 6°. le plaisir qu'il y a à mener une vie dissolue.

Les infractions [aux quatre règles] de tout à l'heure, ce sont les Quatre Maux. Et si l'on s'adonne en plus à ces six plaisirs sans faire naître en soi le repentir, c'est comme s'amenuise l'éclat d'une pièce de monnaie. Que pourrait-on alors gagner à saluer les six quartiers ? »

Le Bouddha dit :

« Les mauvais amis sont de quatre sortes : 1°. ceux qui ont des pensées de colère au-dedans et s'emportent contre leurs amis au-dehors ; 2°. ceux qui prononcent de belles paroles par-devant, mais disent du mal par-derrière ; 3°. ceux qui s'affligent de l'adversité [d'autrui] par-devant, mais s'en réjouissent par-derrière ; 4°. ceux qui, au-dehors, sont comme des amis dévoués, mais, au-dedans, sont pleins de haine.

Les vrais amis sont aussi de quatre sortes : 1°. ceux qui, au-dehors, ont l'air d'être en colère, mais au-dedans, ont des pensées amicales ; 2°. ceux qui s'expriment sans détour par-devant et disent du bien des gens par-derrière ; 3°. ceux qui s'empressent de soigner et de guérir le gouverneur de la province quand il est malade ; 4°. ceux qui, voyant les gens tomber dans la misère, ne les abandonnent pas, mais trouvent toujours le moyen de combler leurs désirs.

Les mauvais amis sont encore de quatre sortes : 1°. ceux qui s'entraînent mutuellement à faire le mal sous prétexte qu'il est difficile de s'exhorter à faire le bien ; 2°. ceux qui s'entraînent mutuellement à boire de l'alcool tout en prétendant qu'il ne faut pas se joindre à ceux qui aiment en boire ; 3°. ceux qui affirment qu'il faut s'enrichir de plus en plus ; 4°. ceux qui empêchent largement leurs enfants de faire des libéralités tout en proclamant qu'il faut avoir pour amis des gens qui font le bien.

Les vrais amis sont encore de quatre sortes : 1°. ceux qui procurent des moyens de subsister à leurs amis, quand ils les voient tomber dans la misère et sombrer dans le désespoir ; 2°. ceux qui ne supportent pas que leurs amis soient critiqués ; 3°. ceux qui pensent à leurs amis quand le soleil se couche ; 4°. ceux qui pensent les uns aux autres dès qu'ils se lèvent de leur lit.

Les vrais amis sont encore de quatre sortes : 1°. ceux qui accueillent leurs amis quand la police vient pour les arrêter, et les cachent jusqu'à ce qu'il soit décidé de les laisser libres ; 2°. ceux qui accueillent les malades, leur donnent à manger et les veillent ; 3°. ceux qui font construire un cercueil pour leurs amis quand ils sont sur le point de mourir ; 4°. ceux qui s'occupent de la famille de leurs amis quand ceux-ci sont morts.

Les vrais amis sont encore de quatre sortes : 1°. ceux qui empêchent les gens de se disputer ; 2°. ceux qui empêchent de suivre de mauvais amis ; 3°. ceux qui encouragent les gens à prendre soin des êtres vivants alors même qu'ils ne sont pas enclins à le faire : 4°. ceux qui, par leur enseignement, amènent les sceptiques à croire joyeusement dans la Voie des Soûtras.

Les mauvais amis sont encore de quatre sortes : 1°. ceux qui se mettent dans une grande colère, bien que l'offense soit infime ; 2°. ceux qui ne veulent rien faire quand il apprennent que leurs amis sont dans l'adversité ; 3°. ceux qui se retirent et disparaissent quand ils voient leurs amis dans l'adversité ; 4°. ceux qui abandonnent sans scrupule leurs amis quand ils les voient sur le point de mourir. »

Le Bouddha dit :

« Fais ton choix : suis de tels vrais amis et fuis les mauvais. Moi-même, c'est en m'associant à d'excellents amis que je suis parvenu à l'état de bouddha. »

Le Bouddha dit :

« Saluer l'Est, c'est remplir ses devoirs d'enfant à l'égard de ses parents ; l'enfant a en effet cinq devoirs à remplir :

1°. il doit se rappeler que c'est grâce à ses parents qu'il est né ; 2°. se levant de bonne heure, il commande à la domesticité de les faire boire et manger au bon moment ; 3°. il n'accroît pas les soucis de ses parents ; 4°. il doit remercier ses parents pour tout le bien qu'il a reçu d'eux ; 5°. quand ses parents sont malades, il doit prendre soin d'eux et appeler un médecin pour les guérir.

A l'égard de leurs enfants, les parents ont aussi cinq devoirs à remplir :

1°. ils doivent penser à leur éviter ce qui est désagréable et leur procurer ce qui est agréable ; 2°. ils doivent leur apprendre à compter, à lire et à penser ; 3°. ils doivent leur apprendre à observer les règles [bouddhiques] ; 4°. ils doivent leur permettre assez tôt de se marier ; 5°. tant que leurs enfants sont à la maison, ils doivent leur donner ce qu'ils possèdent.

Saluer le Sud, c'est remplir ses devoirs d'élève à l'égard de son maître ; les élèves ont en effet cinq devoirs à remplir à son égard :

1°. ils doivent lui faire des cadeaux ; 2°. ils doivent lui être reconnaissants pour tout ce qu'ils ont reçu de lui ; 3°. ils doivent suivre ses enseignements ; 4°. ils doivent réfléchir dessus sans se lasser ; 5°. ils doivent obéir à leur maître et chanter ses louanges.

A l'égard de ses élèves, le maître a aussi cinq devoirs à remplir :

1°. il doit les inciter à rechercher le savoir ; 2°. il doit susciter de l'émulation parmi ses élèves ; 3°. son plus cher désir doit être qu'ils n'oublient pas ce qu'ils ont appris ; 4°. il doit les libérer de leurs doutes et difficultés ; 5°. son plus cher désir doit être que ses élèves surpassent leur maître par leur savoir.

Saluer l'Ouest, c'est remplir ses devoirs d'épouse à l'égard de son mari : l'épouse a en effet cinq devoirs à remplir :

1°. quand son mari rentre, elle doit se lever pour aller à sa rencontre ; 2°. quand son mari sort et s'absente, elle doit faire la cuisine et passer le balai en l'attendant ; 3°. elle doit s'abstenir des pensées adultères quand son mari est absent, et de lui adresser des reproches quand il rentre, mais se faire belle [pour lui] ; 4°. elle doit se conformer aux ordres de son mari et ne pas prendre ni cacher les diverses choses qu'il possède ; 5°. quand son mari est à la maison pour se reposer, elle veille sur lui jusqu'à ce qu'il s'endorme.

A l'égard de son épouse, le mari a aussi cinq devoirs à remplir :

1°. qu'il entre ou qu'il sorte, il doit rendre hommage à sa femme ; 2°. il doit lui donner à boire et à manger et lui fournir des vêtements selon les saisons ; 3°. il doit lui donner aussi [des parures] d'or, d'argent et de perles ; 4°. à la maison, quelle que soit sa richesse, il doit tout lui donner ; 5°. il doit s'abstenir de la conduire en voiture à l'extérieur au moyen d'animaux pervers.

Saluer le Nord, c'est remplir ses devoirs à l'égard de ses amis et associés : on a en effet cinq devoirs à remplir à leur égard :

1°. quand on les voit mal agir, on va les visiter discrètement et par des conseils, on les aide à se corriger ; 2°. à la moindre de leurs difficultés, il faut s'empresser d'y mettre un terme en leur venant en aide ; 3°. on s'abstient de rapporter à d'autres les secrets qu'ils ont confiés ; 4°. [entre amis,] on doit avoir du respect les uns pour les autres ; 5°. les belles choses que l'on possède, on doit, peu ou prou, les partager avec ses amis.

Saluer la Terre, c'est remplir ses devoirs de patron à l'égard de ses serviteurs et employés ; le patron a en effet cinq devoirs à remplir à leur égard :

1°. au moment opportun, il doit leur donner à boire et à manger et leur fournir des vêtements ; 2°. s'ils sont malades, il doit faire appel à un médecin pour les guérir ; 3°. s'ils sont fautifs, il ne doit jamais les frapper ; 4°. s'ils possèdent en privé des objets de valeur, il ne doit pas les leur enlever ; 5°. s'il leur accorde une gratification, il doit le faire selon un principe d'égalité.

Les serviteurs et employés ont également cinq devoirs à remplir à l'égard de leur patron :

1°. ils doivent se lever de bon matin sans que leur patron ait à les appeler ; 2°. ce qu'ils doivent faire, ils l'accomplissent de tout leur cœur ; 3°. ils doivent prendre soin avec amour des biens de leur patron et s'abstenir de les jeter ou de les donner à d'autres ; 4°. quand leur patron entre ou sort, ils doivent aller à sa rencontre ou l'accompagner ; 5°. ils doivent vanter les qualités de leur patron et s'abstenir d'en dire du mal.

Saluer le Ciel, c'est remplir ses devoirs à l'égard des religieux et maîtres de la Voie ; on doit en effet remplir cinq devoirs à leur égard :

1°. on doit avoir des pensées de bienveillance à leur égard ; 2°. c'est avec des paroles choisies et aimables qu'on s'adresse à eux ; 3°. on doit les saluer aussi avec le corps ; 4°. on doit languir après eux ; 5°. puisque les religieux et maîtres de la Voie sont les plus nobles des humains, on doit les servir avec vénération et les interroger sur les moyens de se libérer du monde.

Les religieux et maîtres de la Voie doivent avoir six intentions quand ils voient les laïques :

1°. celle de leur apprendre à donner et à s'abstenir de l'avarice et de la convoitise ; 2°. celle de leur apprendre à observer les règles et à s'abstenir de les enfreindre d'aucune sorte ; 3°. celle de leur apprendre à avoir de la patience et à s'abstenir de se mettre en colère ; 4°. celle de leur apprendre à avoir de l'énergie et à s'abstenir d'être paresseux ; 5°. celle de leur apprendre à concentrer leur pensée et à s'abstenir de laisser vagabonder leur esprit ; 6°. celle de leur apprendre à être sages et à s'abstenir d'être stupides [11].

---

11. On a ici l'énumération des six perfections (don, moralité, patience, énergie, contemplation, sagesse) que les anciennes écoles de la tradition sanskrite attribuent aux bodhisattvas. Elles sont reprises par les livres du *Mahâyâna*. Il semble qu'au début, on n'ait pas bien distingué les bodhisattvas des laïques en général.

Les religieux et maîtres de la Voie apprennent aux gens à s'éloigner du mal et à faire le bien ; ils leur enseignent le Chemin Correct et à avoir beaucoup d'amour envers leurs parents.

Ce sont ces pratiques que t'a fait connaître ton père quand il t'a enseigné, étant encore dans ce monde, à saluer les six quartiers.

Alors, pourquoi regretter de n'être pas riche ? »

Śrîgâlavâda reçut alors les cinq règles, puis il fit la révérence et s'en alla.

6

Le pauvre devenu dieu

Le texte du Samyuktâgamasûtra *dont nous donnons ici une traduction (T. II, 100, 51, p. 390 b), nous fait comprendre que la vraie richesse de quelqu'un réside dans sa bonne conduite, enracinée elle-même dans sa foi pure à l'égard des Trois Joyaux. L'enseignement est illustré par l'exemple d'un miséreux qui, par sa vie exemplaire, est devenu le plus beau des dieux.*

Ainsi ai-je entendu.

Une fois, le Bouddha demeurait à *Râjagriha,* dans le bois des bambous de *Karanda.*

A ce moment-là, il y avait à *Râjagriha* un homme pauvre, réduit à la misère, extrêmement pitoyable.

Entendant la Loi du Bouddha, il conçut une foi pure et fut capable de garder les purs préceptes, de réciter un peu les soûtras et de faire quelques dons.

Comme fruits et rétributions de ces quatre causes et conditions, quand son corps fut détruit par la mort, il naquit dans la place très merveilleuse du ciel des Trente-Trois. Ce dieu tout nouveau eut trois supériorités : il fut supérieur par la beauté, supérieur par la renommée, supérieur par la durée de vie.

Voyant cela, les dieux lui rendirent un hommage unanime. Ils se rendirent auprès de *Śakra*[12] et lui dirent :

---

12. *Śakra* est, dans les textes bouddhiques, le nom généralement donné à *Indra,* le souverain du deuxième ciel, celui des Trente-Trois.

« Il y a un nouveau dieu trois fois supérieur à tous les dieux ! »

Śakra dit :

« Autrefois, j'ai vu ce nouveau dieu quand, dans un premier temps, il fut un être humain : il était pauvre, réduit à la misère, extrêmement pitoyable, mais ayant une foi pure à l'égard des Trois Joyaux, il fut capable de garder les purs préceptes et de cultiver le don toujours davantage : et maintenant, il a obtenu de naître dans ce ciel des Trente-Trois ! »

Alors le dieu *Śakra* récita ces stances :

> Si quelqu'un fait naître une foi pure envers les Trois Joyaux
> Et que cette foi soit solide et inébranlable,
> S'il garde les préceptes qu'il a reçus sans les enfreindre,
> Sachez que cet homme ne doit pas être appelé « pauvre ».
>
> On l'appelle plutôt « homme sage et de longue vie » :
> Parce qu'il a honoré les Trois Joyaux insurpassables,
> Il a obtenu de naître au ciel et de recevoir le bonheur des trois supériorités.
> Voilà bien ce qu'il faut maintenant savoir !

Alors les dieux, ayant entendu ces stances, les reçurent avec une foi joyeuse ; ils firent la révérence et retournèrent dans leurs palais.

7

La moralité du bodhisattva

Les principes de bonne conduite jouent un rôle important dans la vie de ceux qui se préparent à devenir un jour, après de nombreuses existences de saintes pratiques, des Bouddhas parfaitement accomplis. Ces êtres sont appelés « bodhisattvas ». Le modèle en est le Bouddha Sâkyamuni lui-même, tel qu'il apparaît dans les récits appelés Jâtaka, qui mettent en lumière les vertus exemplaires pratiquées par lui au cours de vies innombrables. Il existe plusieurs recueils de Jâtaka, de sorte que le nombre de ceux-ci dépasse largement le millier. En voici un, tiré d'un recueil subsistant seulement en chinois : le « Soûtra rassemblant les six perfections » (T. III, 152, 33, p. 19 a).

Autrefois, le bodhisattva prit demeure dans le monde et, à cause de sa pauvreté, il loua ses services à un marchand.

Il prit la mer et se livra au commerce.

Or le navire s'arrêta et n'avança plus.

Les marchands, grands et petits, ne furent pas sans éprouver de la frayeur et ils prièrent les dieux et l'esprit de la terre afin que, d'en haut et d'en bas, ils vinssent les secourir.

Le pauvre homme, lui, prenait seulement les trois Refuges, s'engageait à ne pas enfreindre les préceptes et se repentait de ses fautes passées. Trois fois le jour et trois fois la nuit, il émettait ce vœu : « Puissent les êtres vivants des dix quartiers ne pas avoir une frayeur pareille à la mienne ! Quand je serai devenu Bouddha, je sauverai toutes ces sortes d'êtres. »

On en vint ainsi au septième jour et le bateau ne bougeait toujours pas.

Le dieu de la mer abusa le chef des marchands en lui disant en songe : « Si tu te débarrasses de ce pauvre homme, je ferai en sorte que tu t'en ailles. »

Ayant eu ce songe, le chef des marchands fut tout affligé et il en délibéra en secret. Mais le pauvre homme était perspicace et il comprit ce qui se préparait. Il dit : « Ce n'est pas à cause de moi seul qu'il faut perdre toutes ces vies. »

Le marchand fit un radeau qu'il pourvut d'une mesure de grains grillés. Il y mit ensuite [le pauvre homme] et repoussa l'embarcation dans le sens du retour.

Un grand poisson culbuta le navire et fit périr le marchand en l'avalant.

Quant à lui, le pauvre homme suivit le vent et parvint au rivage. Il retourna dans son pays natal et toute sa parenté fut dans la joie.

C'est au moyen des Trois Refuges, des cinq préceptes et des dix actions favorables, c'est en gardant les abstentions, en se repentant et en ayant de l'amour à l'égard de tous les êtres que le pauvre homme obtint ce mérite.

Telle fut la persévérance du bodhisattva, la perfection de la moralité pratiquée sans limites.

8

La joie la plus élevée

Terminons ce chapitre par un délicieux petit soûtra du Samyuktâgamasûtra *(T. II, 99, 1361, p. 373 a-b).*
A la différence d'un jeune couple qui chante, au son de la guitare, les joies de l'amour terrestre et d'une vie de plaisir, un moine proclame que régler sa vie d'après les préceptes et penser au Bouddha avec dilection, c'est posséder une joie bien plus grande et belle.

Ainsi ai-je entendu.
Une fois, le Bouddha demeurait à *Śrâvastî*, au bosquet de *Jeta*, dans le jardin d'*Anâthapindada*.
Alors, il y avait un moine étranger qui, établi parmi les gens du *Kosala*, demeurait non loin de la rivière, solitaire au milieu des arbres de la forêt.
Alors, il y eut un jeune homme qui, suivi de sa femme, traversa la rivière et s'arrêta au bord du rivage : il se mit à jouer plaisamment de la guitare et récita une stance :

Penser à l'amour et se laisser vivre,
Prendre ses ébats sous les arbres verdoyants,
Se laisser couler comme l'eau de la rivière la plus limpide
Et, aux sons les plus harmonieux de la guitare,
Se divertir en flânant dans l'air printanier,
Y a-t-il une joie supérieure à celle-là?

Alors ce moine fit cette réflexion :
« Ce petit monsieur a été capable de réciter une stance, se peut-il que je ne sois pas capable de lui répondre en récitant une stance ? »

(Il dit alors :)

> Prendre les purs préceptes
> Et penser au Bouddha avec dilection ;
> Se purifier par les trois émancipations
> Et, en faisant le bien, devenir extrêmement pur,
> Puis, en entrant dans la Voie, se parer d'ornements,
> Y a-t-il une joie supérieure à celle-là ?

Quand ce moine eut fini de réciter cette stance, il fit silence et demeura ainsi.

APPENDICE

Rituel pour prendre les Refuges et les Préceptes

Nous avons déjà dit que la personne qui donne son adhésion au bouddhisme le fait en prenant les Refuges et les Préceptes en présence d'un représentant de la Communauté. Après le chapitre consacré à la foi et à la suite des soûtras exposant les principes de la morale bouddhique, nous pouvons donner un rituel utilisé pour la Prise des Refuges et des Préceptes dans une ancienne école de tradition sanskrite. Il s'agit d'un court chapitre du Mahîsâsaka-Karman (T. XXII, 1424, p. 216 b). Nous lui adjoignons le chapitre suivant qui donne le rituel de la Prise des Huit Préceptes à l'occasion des huitième et quinzième jours des quinzaines lunaires. Dans les deux cas, le texte proprement dit est accompagné d'annotations consistant principalement en citations des Écritures : nous ne les donnons pas ici.

Le rituel suppose que le candidat est un homme. Il serait le même pour une femme, les formules étant mises au féminin. Nous nous sommes arrangés pour que la traduction soit utilisable telle quelle dans les deux cas.

1) *Les Refuges et les cinq règles*

« Moi, N., je prends refuge dans le Bouddha, je prends refuge dans la Loi, je prends refuge dans la Communauté. Si quelqu'un est disciple laïque du Réalisé, du Saint, du Tout-Illuminé, c'est moi, ô Bienheureux ! » (Trois fois.)

« Moi, N., j'ai pris refuge dans le Bouddha, j'ai pris refuge dans la Loi, j'ai pris refuge dans la Communauté. Si quelqu'un est disciple laïque du Réalisé, du Saint, du Tout-Illuminé, c'est moi, ô Bienheureux ! » (Trois fois.)

« Durant toute sa vie corporelle, ne pas tuer les êtres vivants, c'est une règle des disciples laïques. Allez-vous l'observer ?
— Je l'observerai.
Durant toute sa vie corporelle, ne pas voler, c'est une règle des disciples laïques. Allez-vous l'observer ?
— Je l'observerai.
Durant toute sa vie corporelle, ne pas commettre l'impudicité, c'est une règle des disciples laïcs. Allez-vous l'observer ?
— Je l'observerai.
Durant toute sa vie corporelle, ne pas dire de mensonges, c'est une règle des disciples laïques. Allez-vous l'observer ?
— Je l'observerai.
Durant toute sa vie corporelle, ne pas boire d'alcool, c'est une règle des disciples laïques. Allez-vous l'observer ?
— Je l'observerai. »

2) *Les Refuges et les huit règles*

« Moi, N., je prends refuge dans le Bouddha, je prends refuge dans la Loi, je prends refuge dans la Communauté. Pendant un jour et une nuit, je serai disciple laïque de pure conduite. » (Trois fois.)

« Moi, N., j'ai pris refuge dans le Bouddha, j'ai pris refuge dans la Loi, j'ai pris refuge dans la Communauté. Pendant un jour et une nuit, je serai disciple laïque de pure conduite. » (Trois fois.)

« Durant toute leur vie corporelle, les Bouddhas ne tuent pas les êtres vivants. Vous, N., c'est pendant un jour et une nuit que vous ne tuerez pas les êtres vivants. Allez-vous observer cela ?
— Je l'observerai. »

[On procède] de même [avec les règles suivantes] :
« ne pas voler » ;

« ne pas faire l'amour » ;
« ne pas dire de mensonges » ;
« ne pas boire d'alcool » ;
« éviter de se parer de fleurs, de parfums, de colliers de pierres précieuses et d'onguents parfumés » ;
« éviter de prendre place sur un lit de bois précieux haut et large » ;
« éviter d'assister à des spectacles et concerts de danse, d'adresse et de musique, et aussi de manger à des heures indues ».

IV

Le don

1

Deux sortes de dons

La troisième des cinq pratiques recommandées aux laïcs, c'est la générosité, c'est le don. Suivant les textes, le fait de donner est désigné, tantôt par le mot « don » (dâna), tantôt par le terme « abandon » (tyâga). Dans le premier cas, le don est envisagé comme bienfait dont on gratifie autrui ; dans le second cas, c'est sous l'angle d'un certain dépouillement qu'il est considéré. Le don se charge ainsi d'un double mérite : celui qui consiste à faire du bien aux êtres vivants ; celui qui résulte du fait qu'en donnant, on se détache de quelque chose.

Le court soûtra qui suit, tiré de l'Ekottarâgamasûtra (T. II, 125, 15, 3, p. 577 b), examine le don du point de vue du bienfait qui est donné : il distingue deux sortes de dons : celui de la Loi, auquel on peut rattacher tout don spirituel comme l'instruction ou l'éducation ; celui des biens matériels, comme la nourriture, le vêtement, le gîte, les soins, etc.

Entendu tel quel.

Une fois, le Bouddha demeurait à *Śrâvastî*, au bosquet de *Jeta*, dans le jardin d'*Anâthapindada*.

Alors l'Honoré du Monde dit aux moines :

« Il y a ces deux dons.

Quels sont ces deux ?

Le don de la Loi et le don des biens matériels.

Moines, de ces deux dons, le plus élevé est le don de la Loi.

C'est pourquoi, moines, entraînez-vous constamment au don de la Loi.

Voilà, moines, ce qu'il vous faut savoir. »

Alors les moines, ayant entendu ce que le Bouddha avait enseigné, le reçurent avec joie et le mirent en pratique.

2

Les huit mérites du don

Les deux sortes de dons mentionnés dans le soûtra qu'on vient de lire appartiennent plus spécialement aux deux catégories de disciples du Bouddha, les moines et les nonnes d'une part, les laïcs des deux sexes d'autre part. Tandis que ces derniers ont la responsabilité d'entretenir les moines et les nonnes au moyen du don de biens matériels, ceux-ci ont le devoir, en échange, d'accomplir en faveur des laïcs, le don de la Loi.

*Le soûtra qu'on va lire est emprunté à l'*Ekottarâgamasûtra *(T. II, 125, 41, 9, p. 755 b-c). Il vise les laïcs et définit les huit qualités que doit revêtir leur don quotidien de nourriture aux moines, modèle de tout don parfait.*

Ce don doit être fait au bon moment, c'est-à-dire le matin; la nourriture doit être de bonne qualité, prête à être mangée; on doit faire le don de sa propre main; ce don résulte de la foi, et non d'un sentiment; en donnant, on ne cherche pas la réciprocité; l'idéal est de faire le don en vue du Nirvâna; *en outre, le don doit être fait dans un excellent champ de mérite (les Trois Joyaux, les père et mère, les instructeurs, les malades et les pauvres); enfin, le mérite du don doit être transféré aux êtres vivants, afin qu'ils s'engagent sur le chemin du* Nirvâna.

Entendu tel quel.
Une fois, le Bouddha demeurait à *Śrâvastî*, au bosquet de *Jeta*, dans le jardin d'*Anâthapindada*.
Alors l'Honoré du Monde dit aux moines :

« Si des fils ou des filles de bien font don de choses matérielles, ils obtiennent huit mérites.

Quels sont ces huit ?

1°. Celui du don fait au bon moment et non quand il ne faut pas.

2°. Celui du don irréprochable, qui ne cause aucun mal.

3°. Celui du don fait de sa propre main et non en se servant d'autrui.

4°. Celui du don fait en vertu d'un vœu et non en suivant ses émotions.

5°. Celui du don qui libère et n'attend rien en retour.

6°. Celui du don fait en vue du *Nirvâna* et non dans le but de renaître au ciel.

7°. Celui du don fait à un champ de mérite et non à un sol stérile.

8°. Celui du don des mérites ainsi obtenus à tous les êtres vivants, sans les ramener à soi-même.

C'est ainsi, moines, que les fils ou les filles de bien qui font don de choses matérielles obtiennent huit mérites. »

Alors, l'Honoré du Monde se mit à réciter ces stances :

> Le Sage, en donnant au bon moment,
> N'a pas un cœur avare et cupide.
> Les mérites de ce qu'il accomplit,
> Ils les emploie entièrement en les donnant aux êtres.

> Celui qui donne devient très supérieur
> Et les Bouddhas louent ses bienfaits.
> En ce corps même, il reçoit ces fruits
> Et après la mort, il obtient le bonheur du ciel.

« C'est pourquoi, moines, si l'on désire ces fruits et rétributions, on doit pratiquer ces huit qualités.

Ces rétributions sans mesure et inestimables, on les reçoit comme les perles d'une douce rosée et, graduellement, l'on parvient au *Nirvâna*.

Voilà, moines, ce qu'il vous faut savoir. »

Alors les moines, ayant entendu ce que le Bouddha avait enseigné, le reçurent avec joie et le mirent en pratique.

3
Éloge du don

Beaucoup de qualités sont reconnues au don par le soûtra suivant du Samyuktâgamasûtra *(T. II, 100, 82, p. 402 b-c).*

Tout d'abord, le don entraîne un grand mérite; ensuite, dans la mesure où il implique l'abandon du désir et de la convoitise, il conduit à la Délivrance; s'il est orienté vers une bonne renaissance, il procure ce fruit; d'un autre côté, si l'on souhaite renaître dans le ciel de Brahmâ, *il faut cultiver l'infini de l'amour, qui est l'offrande parfaite et le culte correct.*

Ainsi ai-je entendu.

Une fois, le Bouddha demeurait à *Śrâvastî,* au bosquet de *Jeta,* dans le jardin d'*Anâthapindada.*

Alors, il y eut un brahmane nommé *Mâgha* qui se rendit auprès du Bouddha. Après les salutations d'usage, il demeura assis sur un côté.

Alors *Mâgha* dit au Bouddha :

« Honoré du Monde ! Moi, maintenant, je demeure en famille et quand un homme vient, ou trois hommes, ou un grand nombre d'hommes, je leur fais des dons à tous. *Gautama !* en pratiquant le don de cette manière, est-ce que je reçois un grand mérite ? »

Le Bouddha répondit sur-le-champ :

« C'est vrai, tu reçois un grand mérite !

Que tu donnes à un seul homme ou à beaucoup d'hommes, en leur donnant à tous, tu reçois un mérite incalculable et sans mesure. »

Le prêtre *Mâgha* dit alors ces vers :

> Moi, maintenant, je me réjouis de déposer des offrandes
> Et de faire des dons renouvelés.
> Parce que je m'inquiète du mérite [ainsi acquis],
> J'interroge maintenant le Silencieux.
> Voulant demander au Bouddha de me le dire,
> Moi, maintenant, je m'adresse à l'Honoré du Monde.
> Toi qui es l'égal du dieu *Brahmâ,*
> Comment obtenir la Délivrance ?
> Comment parvenir aux [bonnes] destinées ?
> Comment égaler le dieu *Brahmâ* ?
> Comment accomplir un culte correct
> Et, devenant ainsi un bienfaiteur,
> Obtenir de renaître dans le ciel de *Brahmâ*
> Et avoir une durée de vie longue et sans limites ?

Alors l'Honoré du Monde répondit en disant ces vers :

> Quand tu veux faire des offrandes
> Et que ce soit avec joie que tu donnes,
> Ayant fait le bien aux trois moments [du jour],
> C'est à cause de ce bien même que ton cœur est dans la joie.
> Ayant fait ce don d'un cœur serein,
> Tu es tout à fait capable d'éliminer les tracas.
> Le bien écarte la convoitise
> Et quand le désir est détruit, c'est la Délivrance,
> Si tu cultives l'infini de l'amour,
> Cela s'appelle l'offrande parfaite.
> Il convient qu'en obtenant cette perfection du cœur,
> Tu renaisses aussi dans une bonne destinée.
> Faire une telle offrande,
> C'est ce qu'on appelle le culte correct.
> En obtenant de renaître dans le ciel de *Brahmâ,*
> On a une durée de vie extrêmement longue.

Quand le brahmane *Mâgha* eut entendu ce que le Bouddha avait enseigné, faisant la révérence et se retirant, il le reçut avec joie et le mit en pratique.

4

Un modèle de donateur

*Le soûtra dont nous allons donner la traduction provient de l'*Ekottarâgamasûtra *(T. II, 125, 10, 5, p. 565 a-b); il nous montre un modèle de donateur en la personne du riche marchand* Anâthapindada. *Ce saint laïc de* Śrâvastî *est bien connu comme celui qui donna au Bouddha et à la Communauté un jardin magnifique. Il avait acheté celui-ci au prince* Jeta *qui avait fixé comme prix toutes les pièces d'or nécessaires pour couvrir entièrement son sol.*

Le soûtra qu'on va lire présente Anâthapindada *comme le grand bienfaiteur des pauvres et de tous les membres de son entourage. L'esprit qui anime le donateur est comparé à celui d'un bodhisattva se préparant à sa future illumination parfaite au moyen du don.*

Il faut souligner ici que le Bouddha ne condamne pas la richesse, qu'il considère comme le fruit des actes de générosité accomplis au cours des vies antérieures; il ne condamne pas les riches non plus; en revanche, il recommande de ne pas s'attacher aux biens matériels et de les utiliser pour réjouir son entourage, venir en aide aux pauvres et surtout contribuer à la diffusion de la Bonne Loi.

Entendu tel quel.

Une fois, le Bouddha demeurait à *Śrâvastî*, au bosquet de *Jeta*, dans le jardin d'*Anâthapindada*.

Alors, le chef de famille *Anâthapindada* se rendit à l'endroit où se trouvait l'Honoré du Monde. De la tête, il rendit hommage aux pieds de l'Honoré du Monde, puis il demeura assis sur un côté.

L'Honoré du Monde lui dit :

« Chef de famille ! Toi qui as une riche maison, donnes-tu toujours aux pauvres ? »

Le chef de famille répondit :

« Oui, Honoré du Monde, je donne toujours aux pauvres.

Quand je suis aux portes de la cité, je donne aussi largement. En outre, à ceux qui demeurent dans ma maison, je fournis le nécessaire. A l'occasion, j'ai cette pensée : " Je vais donner à mes associés la propriété d'un cheval sauvage, ou d'un coursier, d'un porc ou d'un chien. " En revanche, je n'ai pas cette pensée : " A ceux-ci, il convient que je donne ; à ceux-là, il ne convient pas que je donne. " Et je n'ai pas non plus cette pensée : " A ceux-ci, il convient que je donne beaucoup ; à ceux-là, il convient que je donne peu. " J'ai toujours cette pensée : " C'est au moyen de la nourriture que tous les êtres vivants entretiennent leur vie : s'ils ont de la nourriture, ils l'entretiennent, mais sans nourriture, ils dépérissent. " »

L'Honoré du Monde dit :

« C'est bien, c'est bien, chef de famille ! Parce que tu possèdes le cœur d'un bodhisattva, c'est avec une pensée pure et unique que tu donnes largement et avec bienveillance. Ainsi [penses-tu] : " C'est au moyen de la nourriture que ces êtres vivants réussissent à subsister, mais sans nourriture, ils dépérissent. "

Chef de famille ! Tu acquerras de grands fruits, tu obtiendras une grande renommée. Parce que tu posséderas de grands fruits et rétributions, ta renommée se répandra dans les dix directions et tu obtiendras, comme une douce rosée, la saveur de la Loi.

Et pourquoi ?

Parce que la demeure d'un bodhisattva, c'est garder toujours un cœur égal et donner avec bienveillance ; c'est penser à toutes les sortes d'êtres vivants avec une pensée pure et unique : " C'est au moyen de la nourriture qu'ils s'entretiennent ; s'ils ont de la nourriture, ils subsistent,

mais sans nourriture, ils dépérissent[13]. " Chef de famille !
c'est cela un bodhisattva : tandis que son cœur demeure en
paix, il donne largement et avec bienveillance. »

Alors l'Honoré du Monde récita cette stance :

> A la limite, celui qui donnera à tous avec bienveillance,
> Sans, pour finir, avoir des pensées d'avarice ou de regret,
> Nécessairement rencontrera un ami de bien :
> Il obtiendra de traverser le courant et arrivera sur l'Autre
> Rive.

« C'est pourquoi, chef de famille, tu dois avoir une pensée égale et donner largement et avec bienveillance.

Voilà, chef de famille, ce qu'il te faut savoir. »

Alors le chef de famille, ayant entendu ce que le Bouddha avait enseigné, le reçut avec joie et le mit en pratique.

---

13. Selon le Bouddha, il y a quatre biens matériels qu'il faut nécessairement assurer à tout être humain sans discriminations : de quoi se nourrir, de quoi se vêtir, de quoi se loger et de quoi se soigner quand il est malade.

5

Le don du bodhisattva

Le soûtra précédent faisait allusion au cœur du bodhisattva. Ce terme désigne la personne qui, par compassion pour tous les êtres, s'est engagée par vœu à devenir un Bouddha parfaitement accompli. C'est l'appellation que les textes donnent souvent à Śâkyamuni avant son accession à la Suprême Illumination. On trouve aussi ce terme dans les Jâtaka, *sortes de pieux récits racontant les vies antérieures du futur Śâkyamuni.*

Les Jâtaka *illustrent les grandes perfections pratiquées par le bodhisattva au cours de sa longue marche vers la Toute-Connaissance : la vertu du don y joue un rôle particulièrement important. On voit en effet le bodhisattva donner généreusement toutes sortes de biens matériels ; on le voit aussi donner sa propre chair, ses yeux, ses membres et jusqu'à sa vie. Cela contraste avec le récit de la dernière existence, celle où il devient bouddha : celle-ci se termine, non par le don de sa propre vie, mais par l'entrée dans le* Grand Nirvâna Final. *Donner sa vie demeure, en effet, dans le cycle des naissances et des morts, c'est pourquoi le Bouddha, par compassion pour le monde, manifeste le Suprême* Nirvâna.

Le Jâtaka *qu'on va lire est tiré d'un recueil intitulé « Soûtra rassemblant les six perfections » (T. III, 152, 3, 19, p. 13 a). Le bodhisattva, sous la forme d'une oie femelle, donne sa chair en nourriture à ses trois petits, lesquels ne sont autres que ses trois principaux disciples au cours d'une ancienne vie. Ce court récit rappelle qu'au cours des existences diverses que l'on parcourt, on n'est pas toujours du même sexe ; il montre aussi que pendant leurs vies successives, les êtres nouent des liens bons ou mauvais qui les feront se rencontrer à nouveau dans les existences ultérieures.*

Autrefois, le bodhisattva avait pris corps dans une oie sauvage, qui avait donné naissance à trois oisons.

Il y eut alors une grande sécheresse dans le pays et il n'y eut plus de quoi manger.

Découpant de la chair sous ses flancs, elle les utilisa pour secourir ses petits.

Méfiants, les trois oisons se dirent :

« De cette chair émane la même odeur que celle qui émane du corps de notre mère : elle n'en diffère pas. Notre mère ne serait-elle pas en train de nous nourrir avec la chair de son propre corps ? »

Les trois oisons devinrent tout tristes et ils éprouvèrent un sentiment de pitié.

En outre, ils se dirent :

« Plutôt perdre la vie que de renoncer à la vue de notre mère ! »

Sur ce, ils fermèrent leur bec et ne mangèrent pas.

Leur mère s'aperçut qu'ils ne mangeaient pas et elle leur donna en échange de la corde.

Un dieu prononça cet éloge :

> L'amour d'une mère est difficile à décrire ;
> La piété filiale est quelque chose de rare !
> Avec le secours des dieux,
> Puissions-nous avoir de telles dispositions d'esprit !

Le Bouddha dit aux moines :

« Cette mère oie sauvage, c'était moi.

Ces trois oisons, c'étaient *Sâriputra, Maudgalyâyana* et *Ananda*.

Tel fut l'amour du bodhisattva, la perfection du don pratiquée sans limites. »

6

Histoire de Yaśomati

Nous l'avons vu, le don tient une place importante dans les Jâtaka. *Il joue un rôle non négligeable dans les* Avadâna. *Ce terme désigne un texte où le Bouddha montre le jeu des causes et des effets à propos d'un cas précis ayant frappé ses disciples. Les* Avadâna *expliquent généralement telle situation présente en fonction d'un comportement passé ou annoncent un effet futur à partir d'une action présente.*

*Dans le texte qui suit, tiré de la version chinoise de l'*Avadâna-śâtaka *(T. IV, 200, 1, 2, p. 203 c-204 a), le Bouddha prédit qu'une jeune femme, qui vient de nourrir la Communauté et d'offrir des fleurs au Bouddha, deviendra un jour un Bouddha parfaitement accompli.*

A ce propos sont rappelées les perfections des bodhisattvas telles que les enseignaient la plupart des écoles anciennes du bouddhisme. La fin évoque les quatre étapes du Chemin et les trois manières, ou « véhicules », de le suivre : celui des Disciples, qui s'appuie sur l'enseignement d'un Bouddha ; celui des Bouddhas Individuels, sortes d'ascètes solitaires ; celui des Bouddhas parfaitement accomplis.

Le Bouddha demeurait à *Vaiśâlî*, dans la salle de conférences du Grand Belvédère, au bord de l'étang du Singe.

Alors, l'Honoré du Monde mit son manteau et prit son bol, puis, à la tête des moines, il entra dans la cité pour quêter la nourriture. Il arriva à la maison de *Simha*.

A cette époque, ce chef de famille avait une fille toute jeune nommée *Yaśomati*.

En voyant l'apparence majestueuse du Bouddha et son corps tout orné des différentes marques et signes, celle-ci dit à sa parenté :

« Un corps semblable à celui de cet homme, m'est-il possible de l'obtenir, oui ou non ? »

Sa tante aussitôt lui répondit :

« Si maintenant, tu es capable de cultiver des mérites et de produire la Pensée Suprême et sans limites, toi aussi tu pourras obtenir les marques et les signes qu'il possède. »

Dès qu'elle eut entendu ces paroles, cette toute jeune fille suivit les conseils de sa tante. Elle s'en alla quérir de riches offrandes, puis, se rendant à l'Assemblée, elle invita le Bouddha.

Quand il eut fini son repas, elle prit différentes fleurs et les dispersa sur le sommet de la tête du Bouddha. Ces fleurs s'arrêtèrent dans l'espace et se transformèrent en un parasol fleuri qui suivit le Bouddha [partout], qu'il s'avance ou stationne.

Quand elle eut vu ce prodige, sa joie fut au-dessus de tout. De ses cinq membres, elle se prosterna sur le sol, puis elle produisit un grand vœu :

« En vertu du mérite que j'ai acquis en faisant cette offrande, dans un monde à venir, pour les êtres vivants aveugles, que je sois un œil ; pour ceux qui seront sans refuge, que je sois un refuge ; pour ceux qui seront sans protecteur, que je sois un protecteur ; pour ceux qui seront sans délivrance, que je sois la Délivrance ; pour ceux qui n'auront pas la paix, que je sois la Paix ; pour ceux qui seront sans *Nirvâna*, que je sois le *Nirvâna* ! »

Alors, l'Honoré du Monde connut que cette femme avait produit la Pensée sans limites.

Aussitôt, il se mit à sourire : de la porte de son visage sortit une lumière de cinq couleurs qui brilla partout dans l'univers, y produisant toutes sortes de formes. Elle tourna trois fois autour du Bouddha et vint pénétrer dans le sommet de sa tête.

Voyant cela, *Ananda* dit au Bouddha :

« Le Réalisé est un Très-Honoré ! ce n'est pas en vain qu'il sourit ! pour quelle raison sourit-il maintenant ? que l'Honoré du Monde me fournisse une large explication ! »

Le Bouddha dit à *Ananda* :

« As-tu vu maintenant cette femme *Yaśomati* qui m'a fait des offrandes ? »

Ananda répondit :

« Certainement, je l'ai vue !

— Maintenant, cette *Yaśomati* a produit la Pensée sans limites ! A cause de cette racine de bien et de ce mérite, après trois âges incalculables, s'étant munie des pratiques des bodhisattvas, ayant cultivé le Cœur de la Grande Compassion et réalisé les six perfections[14], elle obtiendra de devenir un Bouddha nommé *Ratnamati*. Tous les êtres que ce Bouddha sauvera complètement, il ne sera pas possible de les dénombrer. Voilà pourquoi j'ai souri ! »

Tandis que le Bouddha parlait des mérites de Yaśomati, il y eut des êtres qui obtinrent d'entrer dans le courant, qui obtinrent de n'avoir plus à revenir qu'une fois, qui obtinrent de n'avoir plus à revenir, qui obtinrent de devenir des Saints.

Il y en eut qui produisirent la pensée de devenir des Bouddhas Individuels.

Il y en eut qui produisirent la Pensée de la Suprême Illumination.

Alors, les moines, ayant entendu ce que le Bouddha avait enseigné, le reçurent avec joie et le mirent en pratique.

---

14. Le don, la moralité, la patience, l'énergie, la contemplation et la sagesse. Voir la note 10 et le texte correspondant (ch. III, 5).

7

Histoire de l'épouse de Subhadra

*L'histoire suivante, empruntée aussi à l'*Avadâna-sâtaka *(T. IV, 200, 42, p. 223 a-b), exalte à sa manière la vertu du don, puisqu'il montre les mauvais effets de l'avarice, qui consistent à tomber chez les revenants faméliques.*

Le Bouddha demeurait à *Râjagriha*, sur le Mont Vautour.

Alors, le Vénérable *Mahâ-Maudgalyâyana* s'était installé sous un arbre ; assis les jambes étroitement croisées, il se livrait à la contemplation.

Il aperçut un revenant famélique : son corps ressemblait à une colonne de feu ; son ventre était gros comme une montagne ; sa gorge était mince comme une aiguille ; ses cheveux étaient pointus comme des couteaux ; pour envelopper son corps, sortant des jointures de ses membres, il y avait un feu brûlant ; il gémissait et poussait de grands cris ; courant dans toutes les directions, il était à la recherche d'un dépotoir ; du soir au matin, il ne recevait que souffrance ; sa misère était extrême et il ne pouvait obtenir que cela cesse.

Ayant vu ce revenant famélique, *Maudgalyâyana* l'interrogea en disant :

« Qu'as-tu fait dans une vie antérieure pour mériter de telles souffrances ? »

Le revenant famélique lui répondit :

« S'il y a un Réalisé dans le monde, tu peux lui poser la

question ! Quant à moi, j'ai tellement soif et je ne puis te répondre ! »

Alors *Maudgalyâyana* retourna auprès du Bouddha et il lui demanda ce qu'avait bien pu faire celui d'auprès duquel il venait, pour qu'il ait mérité de telles souffrances.

Alors l'Honoré du Monde dit à *Maudgalyâyana* :

« Écoute-moi maintenant avec attention : je vais t'expliquer cela en détail.

A une époque située dans un passé incalculable, il y eut un pays nommé *Vârânasî*. C'était là une terre prospère et heureuse : il ne s'y trouvait ni cuirasse de soldat ni querelles mutuelles.

A ce moment-là, il y avait un chef de famille nommé *Subhadra*. D'un naturel délicat et aimable, il vénérait avec foi les Trois Joyaux. Comme il se plaisait à faire constamment des largesses, sa renommée s'était répandue partout à la ronde.

A ce moment-là, il y eut un moine qui, revêtu de son manteau et portant son bol, arriva jusqu'à sa maison et il y passa pour quêter sa nourriture.

Or ce chef de famille était si occupé qu'il lui était impossible de faire l'aumône lui-même. Comme il était sur le point de sortir, il dit courtoisement à sa femme :

" Puisque maintenant, après mon départ, tu vas rester ici, sois gentille : pense à donner à ce moine de quoi manger et boire. "

Sa femme lui répondit :

" Tu n'as pas à te faire du souci : après [ton départ], je m'en occuperai. "

Alors, en la femme de ce chef de famille, naquit une pensée d'avarice ; elle se fit à elle-même cette réflexion : " Si je donne aujourd'hui de quoi manger, il va revenir demain ! De tels hommes sont très capables de mauvaises intentions et ainsi de se faire passer pour moines ; je vais entrer dans la maison et la fermer comme si elle était vide. "

Et elle s'arrangea pour que ce jour-là, ce moine ne puisse trouver de quoi manger.

C'est en conséquence de cet acte que pendant d'innombrables vies, elle tomba chez les revenants faméliques et mérita de telles souffrances. »

Le Bouddha dit à *Maudgalyâyana* :

« Si tu veux savoir qui était alors la femme du chef de famille, eh bien ! c'est aujourd'hui ce revenant famélique ! »

Pendant que le Bouddha racontait l'histoire de ce revenant famélique, ceux qui se trouvaient réunis abandonnèrent l'avarice et éprouvèrent du dégoût pour [le cycle] des naissances et des morts. Il y en eut qui obtinrent d'entrer dans le courant, qui obtinrent de n'avoir plus à revenir qu'une fois, qui obtinrent de n'avoir plus à revenir, qui obtinrent de devenir des Saints.

Il y en eut qui produisirent le désir de devenir des Bouddhas Individuels ; il y en eut qui éprouvèrent le désir de la Suprême Illumination.

Alors les moines, ayant entendu ce que le Bouddha avait enseigné, le reçurent avec joie et le mirent en pratique.

8

Histoire du pauvre Soma

*L'histoire suivante, également tirée de l'*Avadâna-śataka *chinois (T. IV, 200, 1, 5, p. 207 b-c), montre qu'un don de peu d'importance peut, dans certaines conditions, entraîner de grands fruits.*

Le Bouddha demeurait à *Śrâvastî*, au bosquet de *Jeta*, dans le jardin d'*Anâthapindada*.

A cette époque, il y avait dans cette ville un tisserand nommé *Soma* qui souffrait de la pauvreté. Dans sa maison, il n'y avait plus de réserve de fil de chanvre et il se rendait constamment chez les autres tisserands pour avoir les moyens de subvenir à ses propres besoins.

Sur ce, un jour, il se dit à lui-même :

« C'est parce que, dans ma vie antérieure, je n'ai pas fait de dons que maintenant je souffre ainsi de la pauvreté. Si, dans ma vie actuelle, je ne fais pas non plus de dons, dans ma vie future, je me retrouverai encore plus pauvre.

Puisque j'ai eu cette pensée, je dois maintenant faire diligence et travailler davantage pour gagner la moindre des choses que je puisse donner : dans ma vie future, j'obtiendrai alors une telle rétribution. »

Il se mit aussitôt en quête et obtint un minuscule fil de chanvre.

Comme il était en route pour revenir chez lui, il parvint à un carrefour et aperçut de loin l'Honoré du Monde : celui-ci, vêtu de son manteau et tenant son bol, se trouvait à la tête des moines et il entrait dans la ville pour quêter la nourriture.

Paroles du Bouddha

Dès que *Soma* s'approcha du lieu où se trouvait le Bouddha, il prit ce fil de chanvre et en fit don respectueusement à l'Honoré du Monde. L'ayant accepté, celui-ci lui montra son manteau, qui était déchiré, et aussitôt, au moyen de ce fil, le manteau fut recousu.

Quand *Soma* vit que le Bouddha Honoré du Monde avait recousu son manteau déchiré, son cœur éprouva de la joie. Aussitôt, il rendit hommage aux pieds du Bouddha, puis, émettant le Grand Vœu, il récita ces stances en présence du Bouddha :

> Même s'il est infime, le don que j'ai fait,
> Il a rencontré le meilleur des champs de mérite.
> Maintenant que j'ai fait ce don à l'Honoré du Monde,
> Je promets que, par la suite, je deviendrai un Bouddha.
>
> Toutes les sortes d'êtres que je sauverai,
> Il ne sera pas possible de les dénombrer.
> Que l'Honoré du Monde aux qualités sublimes
> Me rende témoignage, lui qui connaît ces choses !

Alors l'Honoré du Monde lui répondit par cette stance :

> Parce que maintenant, tu m'as rencontré,
> Tu as pris sincèrement refuge et m'as fait un don inspiré par la foi.
> Dans l'avenir, tu deviendras un Bouddha
> Et ton nom sera *Dasâsûtra*.
> Tous ceux qui, en l'entendant partout dans les dix quartiers,
> Obtiendront la Délivrance, il n'est pas possible de les dénombrer.

Alors Soma, ayant entendu cette stance que le Bouddha Honoré du Monde avait énoncée, fit naître au fond de lui-même une vénération pleine de foi. Se prosternant de ses cinq membres sur le sol, il émit le Grand Vœu :

« En vertu du mérite que j'ai acquis en faisant don d'un fil, que dans un monde à venir, pour les êtres vivants aveugles, je sois un œil ! pour ceux qui seront sans refuge, que je sois le refuge ! pour ceux qui seront sans protecteur, que je sois le protecteur ! pour ceux qui ne seront pas délivrés, que je sois la Délivrance ! pour ceux qui n'auront pas la paix, que je sois la Paix ! pour ceux qui n'auront pas encore atteint le *Nirvâna,* que je sois le *Nirvâna !* »

Quand il eut énoncé ce vœu, le Bouddha se mit à sourire : de la porte de son visage sortit une lumière de cinq couleurs qui tourna trois fois autour du Bouddha et vint pénétrer dans le sommet de sa tête.

Alors, voyant cela, *Ananda* dit au Bouddha :

« Le Réalisé est un Très-Honoré ! ce n'est pas en vain qu'il sourit ! Quelle est donc la raison pour laquelle il sourit maintenant ? Que l'Honoré du Monde veuille bien me donner à ce sujet une large explication ! »

Le Bouddha dit à *Ananda :*

« As-tu vu ce pauvre homme *Soma* qui m'a fait à l'instant le don d'un fil et qui, éprouvant de la joie dans son cœur, vient d'émettre le Grand Vœu ? »

Ananda dit :

« Certainement, je l'ai vu !

— Eh bien ! ce *Soma,* parce qu'il m'a fait don d'un fil avec un cœur sublime, obtiendra dans l'avenir de devenir un Bouddha. Son nom sera *Dasâsûtra* et les êtres vivants qu'il sauvera, il ne sera pas possible de les dénombrer.

Voilà pourquoi j'ai souri ! »

Alors les moines, ayant entendu ce que le Bouddha avait enseigné, le reçurent avec joie et le mirent en pratique.

9

Histoire d'un jeune garçon

*Le récit de l'*Avadâna-śâtaka *chinois qu'on va lire (T. IV, 200, 3, 22, p. 214 a) exalte aussi les mérites d'un don très humble accompli avec une grande simplicité du cœur : il s'agit en effet d'une offrande faite par un tout jeune enfant.*

Le Bouddha demeurait à Śrâvastî, au bosquet de *Jeta*, dans le jardin d'*Anâthapindada*.

Alors l'Honoré du Monde, à la tête des moines, ayant mis son manteau et pris son bol, entra dans la ville pour quêter la nourriture.

Il arriva dans une rue où se trouvait une femme portant dans ses bras un jeune garçon. Il s'arrêta dans la rue et s'assit par terre.

Or, tandis que le jeune garçon s'éloignait, il vit l'Honoré du Monde et son cœur en ressentit de la joie. Se tournant vers sa mère, il lui demanda des fleurs. Sa mère fut tout de suite d'accord et elle les acheta.

Dès que le jeune garçon les eut obtenues, il les prit et, se rendant auprès du Bouddha, il les dispersa sur le Bouddha : dans les airs, elles se transformèrent en un parasol fleuri qui suivait le Bouddha en se mouvant ou s'arrêtant.

Quand le jeune garçon eut vu cela, il en ressentit une joie extrême et produisit un grand vœu :

« Par le mérite et la racine de bien de cette offrande, puissé-je, dans l'avenir, devenir un Tout-Illuminé et sauver tous les êtres vivants, exactement comme ce Bouddha et pas autrement ! »

Quand le Bouddha eut constaté que le jeune garçon avait

émis ce vœu, il se mit à sourire et de la porte de son visage sortit une lumière de cinq couleurs qui tourna trois fois autour du Bouddha et revint au sommet de sa tête, où elle pénétra.

Alors *Ananda* dit au Bouddha :

« Le Réalisé est un Très-Honoré ! Ce n'est pas en vain qu'il sourit ! Quelle est donc la raison pour laquelle il sourit maintenant ? Que l'Honoré du Monde veuille bien me donner à ce sujet une large explication ! »

Le Bouddha dit à *Ananda* :

« As-tu vu maintenant ce jeune garçon qui a dispersé des fleurs sur moi ? »

Ananda dit :

« Certainement, je l'ai vu.

— Eh bien ! ce jeune garçon qui a dispersé sur moi des fleurs, dans l'avenir, ne retombera plus dans les mauvaises destinées. C'est toujours du bonheur qu'il recevra parmi les êtres célestes. Après trois âges incalculables, il deviendra Bouddha sous le nom de *Padmottara* et sauvera tellement d'êtres vivants qu'il sera impossible de les compter [15].

Voilà pourquoi j'ai souri ! »

Alors les moines, ayant entendu ce que le Bouddha avait enseigné, le reçurent avec joie et le mirent en pratique.

---

15. Ce récit est rangé parmi ceux qui concernent les futurs Bouddhas Individuels, bien que la mention du salut universel fasse plutôt penser qu'il s'agit là d'un futur Bouddha parfaitement accompli, ce que suggère aussi le vœu prononcé par l'enfant.

V

L'audition de la loi

1

Les cinq devoirs d'un Bouddha

Ainsi que nous l'avons vu, l'audition de la Loi est généralement placée au quatrième rang parmi les cinq pratiques proposées aux disciplines laïques. Nous l'évoquons dans ce chapitre au moyen d'une douzaine de textes rappelant les principaux points de l'enseignement. Nous donnons en premier lieu des soûtras concernant le Joyau du Bouddha, puis d'autres exposant la Loi et enfin ceux qui se réfèrent à la Communauté.

Le premier texte, qui nous vient de l'Ekottarâgamasûtra (T. II, 125, 35, 2, p. 699 a), énumère pour nous les cinq principaux devoirs qui incombent à un Bouddha quand il apparaît dans le monde.

Entendu tel quel.

Une fois, le Bouddha demeurait à *Srâvastî*, au bosquet de *Jeta*, dans le jardin d'*Anâthapindada*.

Alors l'Honoré du Monde dit aux moines :

« Quand un Réalisé apparaît dans le monde, nécessairement il doit remplir cinq devoirs.

Quels sont ces cinq ?

1. Il doit mettre en mouvement la Roue de la Loi ;

2. il doit sauver ses père et mère ;

3. les êtres dépourvus de foi, il les établit sur le terrain de la foi ;

4. ceux qui n'ont pas encore produit l'Intention des

bodhisattvas, il les fait produire le Cœur des bodhisattvas [16] ;

5. il doit donner la prédiction aux Bouddhas de l'avenir.

Quand un Réalisé apparaît dans le monde, il doit remplir ces cinq devoirs.

C'est pourquoi, moines, vous devez produire un cœur amical à l'égard du Réalisé.

Voilà, moines, ce qu'il vous faut savoir. »

Alors les moines, ayant entendu ce que le Bouddha avait enseigné, furent remplis de joie. Ayant salué, ils s'en allèrent [17].

---

16. L'Intention, ou le Cœur des Bodhisattvas correspond au vœu de devenir semblable au Bouddha tel qu'il est rapporté dans l'*Avadâna* qu'on vient de lire.
17. Cette dernière phrase représente une autre manière possible de traduire les caractères chinois qui terminent presque tous les soûtras reproduits dans ce recueil.

2

Comment Śākyamuni fut illuminé

Le texte que nous allons lire, emprunté au « Soûtra rassemblant les six perfections » (T. III, 152, 5, 79, p. 42 a-b), nous raconte comment Śākyamuni passa la nuit en laquelle il fut illuminé. Il évoque aussi la légende du dieu-serpent Mucilinda.

Ce soûtra décrit l'acquisition des trois savoirs : celui des vies antérieures, celui des diverses conditions des êtres, celui de la Délivrance définitive. On remarquera que, d'après ce texte — et d'autres exposant le même sujet —, la croyance dans une multiplicité de vies successives se fonde, non pas sur une vague tradition populaire, mais sur la perception directe qu'en ont eue le Bouddha et ses disciples. Des textes plus détaillés décrivent la méthode par laquelle, une fois atteint le quatrième degré de contemplation, on peut remonter dans la mémoire jusqu'à sa propre naissance, puis à l'expérience de la gestation, de son entrée dans la matrice et de sa mort ; de là, selon ses capacités, on peut se souvenir de sa précédente existence et même remonter plus loin.

Au temps où le Prince n'avait pas encore obtenu la Voie, il choisit un endroit au doux herbage et là, sous un arbre, il s'assit en tenant son corps droit et il joignit les mains.

Rejetant toutes les pensées souillées, il purifia son cœur.

Unifiant son esprit, il se dit en lui-même :

« Dussent mes muscles et mes veines se dessécher, aujourd'hui, je décide que je ne me lèverai pas d'ici sans avoir obtenu l'état de Bouddha ! »

Le bodhisattva atteignit alors le premier degré de la

contemplation, puis le deuxième, le troisième et le quatrième degré de la contemplation [18].

Dans la première partie de la nuit, il obtint le premier savoir : il sut quels avaient été, au cours d'âges incalculables, ses pères et ses mères, ses frères aînés ou cadets, ses épouses et ses enfants ; enfin, toutes ses parentés.

Dans la deuxième partie de la nuit, il obtint le deuxième savoir : il sut qui avait été, au cours d'âges incalculables, noble ou roturier, riche ou pauvre, grand ou petit, blanc ou noir ; il ne fut pas non plus sans savoir qui, parmi les êtres vivants, avait été doué de perception ou dépourvu de perception.

Dans la troisième partie de la nuit, il obtint le troisième savoir : les trois poisons étaient complètement détruits.

Quand la nuit se dirigea vers la lumière, l'état de Bouddha était réalisé.

Réfléchissant profondément, il dit :

« Moi, maintenant, je suis devenu Bouddha : c'est très profond, très profond, difficile à connaître, difficile à comprendre ! un mystère entre les mystères, une merveille entre les merveilles ! »

Il se leva et se rendit vers la pièce d'eau d'un *Nâga*.

Ce *Nâga* s'appelait *Mucilinda*.

Or, à l'endroit où se trouvait *Mucilinda*, au bord de l'eau, il y avait un arbre ; le Bouddha s'assit sous cet arbre et se dit :

« Autrefois, le Bouddha *Dîpamkara* me fit savoir, à moi qui l'avais honoré en lui frayant un passage, que je deviendrais le Bouddha *Śâkyamuni*. Ce que j'entendis alors était bien vrai, puisque maintenant, je suis devenu Bouddha !

Pendant des âges incalculables, je me suis efforcé d'accumuler les mérites du don, de la moralité, de la

---

18. Les quatre degrés de contemplation correspondent à quatre expériences au cours desquelles s'opère une purification progressive de l'esprit qui s'exerce à se concentrer. Au début, la part de l'intellect et des joies sensibles et spirituelles est très grande, puis les activités de l'intellect et les joies sensibles disparaissent ; l'esprit s'affine encore : les joies spirituelles s'estompent à leur tour et, à la fin, il ne reste plus que l'unité mentale jointe à l'équanimité.

patience, de l'énergie, de la contemplation et de la sagesse. Maintenant que je suis un Très-Honoré, je vais m'attacher à montrer ces mérites et ne pas laisser se perdre mes vertus. »

Le Bouddha vint à penser qu'il était convenable qu'il entrât dans la perfection sans limites de la contemplation.

Le Bouddha resta là, au bord de l'eau, et sa lumière resplendit sur la demeure du *Nâga*.

Le *Nâga* vit l'ombre de la lumière et, de toutes ses écailles, il bondit. Le *Nâga* avait déjà vu auparavant trois Bouddhas : le Bouddha *Krakucchanda,* le Bouddha *Kanakamuni* et le Bouddha *Kâśyapa*. Après avoir obtenu la Voie, ces trois Bouddhas s'étaient tous assis là et leur clarté avait brillé sur la demeure du *Nâga*.

En voyant cette lumière, le *Nâga* se dit en lui-même :

« Cette lumière correspond à l'ombre lumineuse des trois précédents Bouddhas : ne serait-ce pas que le monde a de nouveau obtenu d'avoir un Bouddha ? »

Le *Nâga* en fut grandement réjoui.

Il sortit de l'eau et regarda de tous côtés. Il vit le Bouddha qui était assis sous l'arbre : son corps possédait les trente-deux marques ainsi que la couleur de l'or bruni ; en sa lumineuse beauté, il était plus beau que la lune et surpassait même le soleil ; il était parfait dans ses marques et signes, pareil à un arbre couvert de fleurs.

Le *Nâga* allait et venait en présence du Bouddha et ses têtes étaient au ras du sol : il tourna sept fois autour du Bouddha, puis, avec son corps, il souleva le Bouddha à quarante lieues ; avec ses sept têtes, il fit une protection au-dessus du Bouddha.

Alors, tout joyeux, le *Nâga* fit venir du vent et de la pluie pendant sept jours et sept nuits, et le Bouddha était assis là, le corps droit, sans bouger, sans remuer, sans souffler ni respirer.

Pendant sept jours, depuis qu'il était devenu Bouddha, il ne mangea pas et la joie de son cœur était parfaite : il n'avait aucun désir.

Et le *Nâga* était grandement réjoui du fait que durant sept jours, bien que ne mangeant pas, il n'eût pas l'idée de manger ni de boire.

A la fin des sept jours, le vent et la pluie s'arrêtèrent et le Bouddha s'éveilla de sa contemplation.

Alors le *Nâga,* mû par une intention pure, se transforma en un jeune homme somptueusement vêtu. S'agenouillant, il joignit les mains, puis, inclinant la tête, il demanda :

« Tu as obtenu de n'avoir ni chaud ni froid, ni faim ni soif ; tu es comblé de mérites et aucun des poisons ne progresse plus en toi ; demeurant en ce monde, tu es devenu Bouddha et digne d'être honoré dans les trois mondes : est-ce possible que ce ne soit pas une joie ? »

Le Bouddha dit au *Nâga :*

« Les Bouddhas du passé l'ont enseigné successivement : que tous les êtres écartent les trois mauvaises destinées et deviennent des humains, c'est une joie ; que demeure dans le monde la volonté de garder et de faire durer la Voie, c'est une joie ; que tous gardent maintenant ce qui autrefois fut entendu, c'est une joie ; que demeure dans le monde un grand amour bienveillant à l'égard des êtres vivants et non la haine, c'est une joie ; que cessent complètement d'agir les lourds poisons du dieu *Mâra,* c'est une joie ; qu'après avoir été brûlé par eux, on soit à jamais sans désirs et sans attaches, c'est une joie ; en conséquence, que dans le monde, j'aie obtenu la Voie et sois devenu l'instructeur des dieux et des hommes, que par les recueillements du vide de la pensée, de l'absence de but et de l'absence de caractères, la masse des passions qui m'a fait retourner au point de départ ne soit plus, mais que je conserve à jamais la Tranquillité et que soit pour toujours anéantie la souffrance, c'est une joie que rien ne peut surpasser. »

Le *Nâga* inclina la tête et dit :

« A partir de maintenant et pour l'avenir, je prends refuge dans le Bouddha, je prends refuge dans la Loi. »

Le Bouddha dit au *Nâga :*

« En principe, il y a une Assemblée des Saints ! Elle viendra par la suite ! Il convient que tu la désires, puisqu'elle manque encore, et que tu prennes aussi refuge en elle. »

Le *Nâga* exprima son accord en disant :

« Je prends refuge dans l'Assemblée qui manque encore. »

Parmi tous les animaux, ce *Nâga* fut le premier à se convertir et à prendre refuge dans le Bouddha.

Telle fut la perfection sans limites de la contemplation, l'unité d'esprit du bodhisattva.

3

Les Bouddhas des trois temps

En lisant le récit de l'Illumination, on aura peut-être été frappé par l'évocation des Bouddhas du passé : d'un côté était rappelé Dîpamkara, le Bouddha qui avait prédit au futur Sâkyamuni qu'il deviendrait un jour un Tout-Illuminé ; d'un autre côté étaient nommés les trois prédécesseurs immédiats du Bienheureux.

Ces trois Bouddhas font partie, avec Sâkyamuni, d'une série de sept Bouddhas.

Ces derniers font l'objet du soûtra suivant de l'Ekottarâgamasûtra (T. II, 125, 48,4 p. 790a-792b), lequel mentionne également, à commencer par Maitreya, les six prochains Bouddhas qui apparaîtront dans notre monde.

Bien que l'évocation de ces Bouddhas présente plusieurs éléments de caractère mythique, il s'agit là d'un enseignement très ancien, qu'on retrouve en d'autres textes très importants et qu'atteste l'archéologie dès le règne du roi Aśoka (env. 270-240). La mention de ces Bouddhas s'inscrit dans le cadre d'une doctrine plus générale, qui est celle des vicissitudes de la Loi dans le monde.

En son essence, la Loi est éternelle, au-delà du temps, mais en tant qu'elle est prêchée dans le monde, elle participe du caractère transitoire de toutes choses et se trouve donc soumise aux vicissitudes du temps. Correcte quand un Bouddha la proclame, elle perd de sa vigueur et de son efficacité à mesure que le temps passe et elle finit par s'éteindre. C'est alors l'occasion favorable pour qu'un nouveau Bouddha apparaisse dans le monde et « remette en mouvement la Roue de la Loi ».

Paroles du Bouddha

Entendu tel quel.

Une fois, le Bouddha demeurait à *Śrâvastî*, au bosquet de *Jeta*, dans le jardin d'*Anâthapindada*.

Alors de nombreux moines, s'étant rassemblés dans la Salle des Conférences, firent naître chacun cette pensée :

« L'actuel Réalisé est très merveilleux, très supérieur : ceux qui se sont emparés du *Nirvâna* dans le passé, il se souvient de leur nom de famille, de leur caste, de la moralité qu'ils observèrent avec diligence ; tout cela, il le connaît à fond et en détail. Leur recueillement, leur sagesse, leur délivrance et leur connaissance de la délivrance, la durée de leur vie corporelle, tout cela, il le connaît à fond.

Et comment donc, braves gens ? Est-ce au moyen de sa pénétration des limites du domaine de la Loi qu'il connaît clairement le nom de famille de tous ces Bouddhas et le lieu de leur apparition ? ou est-ce parce que des dieux sont venus auprès du Bouddha et lui ont dit ces choses ? »

Alors l'Honoré du Monde, au moyen de son oreille divine, entendit nettement que de nombreux moines tenaient ce discours. Il se rendit aussitôt auprès des moines et, s'installant au milieu d'eux, il s'assit.

Alors l'Honoré du Monde dit aux moines :

« C'est pour discuter sur quel sujet que vous vous êtes réunis ici ? »

Les moines dirent au Bouddha :

« Réunis ici, nous discutons sur l'Essentiel de la Bonne Loi et tous ont soulevé ce sujet de discussion : " Le Réalisé est très merveilleux, très supérieur,... [et la suite jusqu'à] : Nous voulons connaître le nom des Bouddhas Honorés du Monde du passé, leur famille, l'étendue de leur sagesse, les impénétrables afflictions qu'ils dissipèrent et leur très admirable beauté. Comment donc, braves gens ? Est-ce au moyen de sa pénétration des limites du domaine de la Loi qu'il connaît clairement le nom de famille de tous ces Bouddhas et le lieu de leur apparition ? ou est-ce parce que des dieux sont venus auprès du Bouddha et lui ont dit ces choses ? " »

Alors le Bouddha dit aux moines :

« Voulez-vous entendre parler des Bouddhas du passé,

de leur nom propre et de celui de leur famille, de la longueur enfin de leur durée de vie ? »

Les moines répondirent :

« Maintenant, ce serait le moment idéal ! Daigne seulement l'Honoré du Monde nous parler longuement de ce sujet ! »

Le Bouddha dit aux moines :

« Vous autres, soyez attentifs ! Je vais vous parler longuement de ce sujet. »

Alors tous les nombreux moines approuvèrent le Bouddha et reçurent son enseignement.

L'Honoré du Monde dit :

« Moines ! Il vous faut savoir que dans le passé, il y a 91 âges, il y eut un Bouddha qui apparut dans le monde et s'appela *Vipaśyin*, le Réalisé, le Saint, le Tout-Illuminé [19].

Ensuite, dans le 31e âge, il y eut un Bouddha qui apparut dans le monde et s'appela *Śikhin*, le Réalisé, le Saint, le Tout-Illuminé.

Et de nouveau, dans ce même 31e âge, il y eut un Bouddha qui apparut dans le monde et s'appela *Viśvabhû*, le Réalisé.

En cet Âge Favorable, il y eut un Bouddha qui apparut dans le monde et s'appela *Krakucchanda*, le Réalisé.

Et de nouveau dans l'Âge Favorable, il y eut un Bouddha qui apparut dans le monde et s'appela *Kanakamuni*, le Réalisé, le Saint, le Tout-Illuminé.

Et de nouveau dans l'Âge Favorable, il y eut un Bouddha qui apparut dans le monde et s'appela *Kâśyapa*.

Et de nouveau dans l'Âge Favorable, je suis apparu dans le monde, moi, *Śâkyamuni*, le Réalisé, le Saint, le Tout-Illuminé. »

Alors l'Honoré du Monde se mit à dire ces stances :

Au 91e âge,
Il y eut le Bouddha *Vipaśyin*.

---

19. Les indications concernant les Bouddhas suivent nettement ici, à la différence des textes parallèles, l'ordre des quatre grands moments de leur vie : Naissance (noms, castes, familles), Illumination (arbres), Prédication (assemblées, disciples), *Nirvâna* Final (durée de vie).

Au 31ᵉ âge,
Ce fut *Śikhin,* le Réalisé, qui apparut.

Et de nouveau dans cet âge-là,
Ce fut *Viśvabhû,* le Réalisé, qui fut présent.
Aujourd'hui, dans l'Âge Favorable,
Quatre Bouddhas sont de nouveau apparus dans le monde.

Il y eut *Krakucchanda, Kanakamuni* et *Kâśyapa,*
Semblables au soleil éclairant l'univers.
Si l'on veut savoir comment ils s'appelaient :
Leurs noms sont tous comme ici mentionnés.

« Le Réalisé *Vipaśyin* sortit de la caste des guerriers ; le Réalisé *Śikhin* sortit aussi de la caste des guerriers ; quant au Réalisé *Viśvabhû,* il sortit aussi de la caste des guerriers.

Le Réalisé *Krakucchanda* sortit, lui, de la caste des brahmanes ; le Réalisé *Kanakamuni* sortit, lui aussi, de la caste des brahmanes ; quant au Réalisé *Kâśyapa,* il sortit également de la caste des brahmanes, comme moi, maintenant, je suis sorti de la caste des guerriers. »

Alors l'Honoré du Monde se mit à dire ces stances :

Quand les Bouddhas d'autrefois apparurent,
Ils sortirent de la caste des guerriers.
De *Krakucchanda* à *Kâśyapa,*
Ils sortirent parmi les brahmanes.

Être plus honoré qu'eux, ce n'est pas possible.
Moi, maintenant, le maître des dieux et des hommes,
Dont néanmoins, tous les sens sont apaisés,
Je suis sorti de la caste des guerriers.

« Le Réalisé *Vipaśyin* sortit de la famille *Kaundinya ;* le Réalisé *Śikhin* sortit aussi des *Kaundinya ;* quant à *Viśvabhû,* il sortit aussi des *Kaundinya.*

Le Réalisé *Kâśyapa* sortit de la famille *Kâśyapa ; Krakucchanda* et *Kanakamuni* étaient aussi sortis de la famille *Kâśyapa :* il s'agit en effet de la même.

Moi, le Réalisé d'aujourd'hui, je suis de la famille *Gautama.* »

Alors l'Honoré du Monde se mit à dire ces stances :

> De même que les trois premiers Bouddhas
> Sont sortis de la race des *Kaundinya*
> Et que les trois suivants jusqu'à *Kâśyapa*
> Sont sortis de la famille *Kâśyapa,*
>
> Ainsi moi, qui suis présent aujourd'hui,
> L'Honoré des dieux et des hommes,
> Aux sens néanmoins apaisés,
> Je sors de la famille *Gautama*[20].

« Le Réalisé *Vipaśyin* s'assit sous un arbre *Pâtala* fleuri et c'est là qu'il réalisa l'état de Bouddha.

Le Réalisé *Śikhin* s'assit sous un arbre *Pundarîka* et c'est là qu'il réalisa l'état de Bouddha.

Le Réalisé *Viśvabhû* s'assit sous un arbre *Sâla* et c'est là qu'il réalisa l'état de Bouddha.

Le Réalisé *Krakucchanda* s'assit sous un arbre *Udumbara* et c'est là qu'il réalisa l'état de Bouddha.

Le Réalisé *Kanakamuni* s'assit sous un arbre *Śirîsha* et c'est là qu'il réalisa l'état de Bouddha.

Le Réalisé *Kâśyapa* s'assit sous un arbre *Nyagrodha* et c'est là qu'il réalisa l'état de Bouddha.

Quant à moi, le Réalisé d'aujourd'hui, je me suis assis sous un arbre *Aśvattha* et c'est là que j'ai réalisé l'état de Bouddha. »

Alors l'Honoré du Monde se mit à dire ces stances :

> Le premier qui réalisa l'état de Bouddha,
> Ce fut sous un arbre *Pâtala.*
> *Śikhin* s'assit sous un *Pundarîka*
> Et *Viśvabhû* s'assit sous un *Sâla.*
>
> *Krakucchanda* s'assit sous un *Śirîsha*
> Et *Kanakamuni* sous un *Udumbara.*
> *Kâśyapa* eut comme arbre un *Nyagrodha*
> Et c'est sous un *Aśvattha* que j'ai réalisé la Voie.

---

20. Ce passage sur les familles est reproduit deux fois dans le texte, avec la mention inopinée d'une famille *Bhârata*. Il s'agit là manifestement d'une erreur dans la transmission du texte, que nous avons rétabli d'après les parallèles.

> Les sept Bouddhas, comme des dieux parmi les dieux,
> Brillent avec éclat sur le monde.
> Sous l'effet d'une ancienne causalité,
> Ce fut sous de tels arbres
> Que chacun d'eux atteignit ce fruit de la Voie.

« Les disciples du Réalisé *Vipaśyin* furent au nombre de 168 000.

Les disciples du Réalisé *Śikhin* furent au nombre de 160 000.

Les disciples du Réalisé *Viśvabhû* furent au nombre de 100 000.

Les disciples du Réalisé *Krakucchanda* furent au nombre de 80 000.

Les disciples du Réalisé *Kanakamuni* furent au nombre de 70 000.

Les disciples du Réalisé *Krakucchanda* furent au nombre 60 000.

Pareillement aujourd'hui, mes disciples sont au nombre de 1 250 ; tous sont des Saints, qui ont à jamais épuisé les courants [des passions] et n'ont plus aucune attache. »

Alors l'Honoré du Monde se mit à dire ces stances :

> Cent soixante-huit mille
> Furent les disciples de *Vipaśyin*
> Et cent soixante mille
> Les disciples de *Śikhin*.
>
> Cent mille en tout furent les moines
> Qui furent disciples de *Viśvabhû*.
> *Krakucchanda* en eut quatre-vingt mille
> Et *Kanakamuni* soixante-dix mille.
>
> *Kâśyapa* en eut soixante mille,
> Qui tous furent des Saints.
> Quant à moi, le *Śâkyamuni* d'aujourd'hui,
> J'en ai mille deux cent cinquante.
>
> Tous ces hommes sincères ont pratiqué
> Et propagé l'enseignement de la Loi.
> Quant aux autres disciples de la Loi que je laisserai,
> Ils seront en nombre incalculable.

« Le servant du Réalisé *Vipaśyin* s'appelait *Mahânâyaka*[21].

Le servant du Réalisé *Śikhin* s'appelait *Subodhi*.

Le servant du Réalisé *Viśvabhû* s'appelait *Jayakûta*.

Le servant du Réalisé *Krakucchanda* s'appelait *Śrîlakshmî*.

Le servant du Réalisé *Kanakamuni* s'appelait *Vîrasena*.

Le servant du Réalisé *Kâśyapa* s'appelait *Nâyaka*.

Mon servant actuel s'appelle *Ananda*. »

Alors l'Honoré du Monde se mit à dire ces stances :

Mahânâyaka et *Subodhi* ;
Jayakûta et *Śrîlakshmî* ;
Vîrasena et *Nâyaka* ;
Ananda, le septième servant :

Ces hommes, en servant les Saints,
Obtinrent tous la faculté
De réciter et de garder en mémoire [leur enseignement],
Sans toutefois en exposer le sens et la raison.

« La vie du Réalisé *Vipaśyin* fut de 84 000 ans ; la vie du Réalisé *Śikhin* fut de 70 000 ans ; la vie du Réalisé *Viśvabhû* fut de 60 000 ans ; la vie du Réalisé *Krakucchanda* fut de 50 000 ans ; la vie du Réalisé *Kanakamuni* fut de 40 000 ans ; la vie du Réalisé *Kâśyapa* fut de 20 000 ans. Aujourd'hui cependant, ma vie est limitée et beaucoup plus courte : au mieux, ma vie ne dépassera pas 100 ans. »

Alors l'Honoré du Monde se mit à dire ces stances :

Le premier Bouddha vécut 84 000 ans.
Le deuxième Bouddha vécut 70 000 ans.
Viśvabhû en vécut 60 000
Et *Krakucchanda* 50 000.

Deux fois 20 000 ans
Dura la vie de *Kanakamuni*.
La vie de *Kâśyapa* fut de 20 000 ans.
Quant à ma vie, elle est seulement de 100 ans.

---

21. Les noms propres de ce passage sont traduits dans le texte, mais nous les avons restitués en sanskrit par pure hypothèse.

« C'est ainsi, moines, que le Réalisé connaît le nom des Bouddhas et celui de leur famille. Il connaît tout cela à fond et en détail. Leur caste, le lieu de leur apparition, les afflictions impénétrables qu'ils dissipèrent, la moralité qu'ils observèrent, leur sagesse, leur recueillement et leur délivrance, tout cela, il le connaît à fond et en détail. »

Alors *Ananda* dit à l'Honoré du Monde :

« Si le Réalisé parle également de tous les Bouddhas nirvânés du passé, aussi nombreux que les sables du Gange, le Réalisé connaît aussi tous les Bouddhas de l'avenir, aussi nombreux que les sables du Gange. Et ceux qui sont sur le point de venir, le Réalisé les connaît également.

Pourquoi donc le Réalisé ne prédit-il pas combien de Bouddhas vont arriver ? Pourquoi parle-t-il maintenant seulement de l'origine et de la fin de sept Bouddhas ? »

Le Bouddha dit à *Ananda* :

« Parce que tous ont la causalité comme origine et fin, le Réalisé parle de l'origine et de la fin de sept Bouddhas.

Tous les Bouddhas du passé, aussi nombreux que les sables du Gange, ont parlé, eux aussi, de l'origine et de la fin de sept Bouddhas.

Quand, dans l'avenir, *Maitreya*[22] apparaîtra dans le monde, il parlera, lui aussi, de l'origine et de la fin de sept Bouddhas.

Quand le Saint et Réalisé *Simha* apparaîtra, il parlera, lui aussi, de l'origine et de la fin de sept Bouddhas.

Quand le Bouddha *Ketu* apparaîtra dans le monde, il parlera, lui aussi, de l'origine et de la fin de sept Bouddhas.

Quand le Bouddha *Pradyota* apparaîtra dans le monde, il parlera, lui aussi, de l'origine et de la fin de sept Bouddhas.

Quand le Bouddha *Sunetra* apparaîtra dans le monde, il parlera de l'origine et de la fin [des Bouddhas] depuis *Kâśyapa*.

Quand le Bouddha *Jyotîvara* apparaîtra dans le monde, il

---

22. Les noms des Bouddhas de l'avenir sont également traduits dans le texte. Comme leur sens peut suggérer les noms sanskrits qui figurent dans la liste des Bouddhas futurs du *Mahâvastu*, nous les avons restitués.

parlera de l'origine et de la fin [des Bouddhas] depuis *Śâkyamuni*. »

Alors l'Honoré du Monde se mit à dire ces stances :

> *Simha*, *Ketu* et *Pradyota*,
> *Sunetra* et *Jyotîvara*
> Seront les successeurs de *Maitreya*
> Et tous réaliseront l'état de Bouddha.
>
> *Maitreya* enseignera depuis *Śikhin*
> Et *Simha* depuis *Viśvabhû*.
> *Ketu* enseignera depuis *Krakucchanda*
> Et *Pradyota* depuis *Kanakamuni*.
>
> *Sunetra* enseignera depuis *Kâśyapa*.
> Tous parleront de leur ancienne causalité.
> Quand *Jyotîvara* deviendra un Bouddha accompli,
> Il n'enseignera qu'à partir de mon nom.
>
> Tous les Bouddhas accomplis du passé
> Et ceux de l'avenir
> Parlent tous de sept Bouddhas :
> De l'origine et de la fin de ceux du passé.

« C'est en conséquence de cette causalité que le Réalisé a mentionné le nom de sept Bouddhas. »

Alors *Ananda* dit à l'Honoré du Monde :

« Comment s'appelle ce soûtra ? Comment devons-nous le recevoir et le mettre en pratique ? »

Le Bouddha dit à *Ananda* :

« Ce soûtra s'appelle " Énoncé des noms des sept Bouddhas " : c'est en vous souvenant [de ces Bouddhas] que vous devez le recevoir et le mettre en pratique. »

Alors *Ananda* et les moines, ayant entendu ce que le Bouddha avait enseigné, le reçurent avec joie et le mirent en pratique.

4

La mise en mouvement de la Roue de la Loi

Les Bouddhas, avons-nous dit, « remettent en mouvement la Roue de la Loi » dans un monde où l'Enseignement a disparu ; à cause de cela, leur premier discours est intitulé « Mise en mouvement de la Roue de la Loi ».

Le premier discours de Śākyamuni dans le parc aux Cerfs de Sârnâth existe en plusieurs versions et figure en différents endroits des Écritures ; on le rencontre en effet dans la section de la Discipline ou Vinaya *aussi bien que dans celle des Soûtras.*

Le texte qu'on va lire donne une version particulière de ce discours fondamental (T. II, 109, p. 503 b-c). Il diffère des autres sur les points suivants : le discours n'est pas prononcé devant seulement cinq moines, mais au milieu d'une assemblée de mille moines et d'une foule de dieux ; au début, la Roue de la Loi apparaît et se met à tourner et le Bouddha l'arrête de la main ; l'énoncé des deux extrêmes à éviter est différent : ordinairement, ces extrêmes sont une vie adonnée au plaisir et une vie consacrée à la mortification, mais ici, le premier réside dans la convoitise ou cupidité, tandis que le second se rapporte à l'amour charnel, ce qui semble indiquer que le discours est fait principalement pour les moines ; plus loin, le passage concernant les trois tours de la Roue se présente autrement ; la fin du texte, qui montre les effets de la prédication, présente aussi des variantes par rapport aux autres versions.

Entendu tel quel.

Une fois, le Bouddha demeurait à *Vârânaśî*, assis sous un arbre du Parc aux Cerfs.

Il y avait là mille moines et des dieux.

Toute cette grande assemblée remplissait l'espace tout autour et en elle se trouvait naturellement la Roue de la Loi : elle était venue en volant et s'était mise à tourner devant le Bouddha.

Le Bouddha la caressa de la main et dit :

« Dans un lointain passé, depuis des âges incalculables, je m'en suis allé, cet ensemble physique et mental recevant dans sa ronde des souffrances sans mesure.

Maintenant que les états d'esprit suscités par la sottise et les passions sont arrêtés, je ne tournerai plus dans les cinq destinées. »

La roue s'étant aussitôt arrêtée, le Bouddha dit aux moines :

« Dans le monde, il y a deux conduites extrêmes à laisser tomber ; engagé sur la Voie, le disciple qui a abandonné la famille ne doit plus s'y attacher tant qu'il est vivant.

Quelles sont ces deux ?

La première, c'est songer à demeurer dans la convoitise et ne pas en purifier son esprit.

La seconde, c'est s'attacher à l'amour charnel et ne plus être capable d'effort.

En conséquence, celui qui se tourne vers ces conduites extrêmes n'est pas digne d'être un homme paré des vertus de la Voie du Bouddha. Mais si un moine ne songe plus à la convoitise et ne s'adonne plus à l'amour charnel, il peut obtenir de prendre le [Chemin du] Milieu.

Le Réalisé, le Pleinement Tout-Illuminé, a obtenu l'Évidence, obtenu la Sagesse ; étant passé au-delà des deux extrêmes, il a atteint par lui-même le *Nirvâna*.

Qu'est-ce que prendre le [Chemin du] Milieu ?

C'est prendre le Noble Chemin Octuple :

1. la Vue Correcte ;
2. l'Intention Correcte ;
3. la Parole Correcte ;
4. l'Action Correcte ;
5. la Vie Correcte ;

6. l'Effort Correct ;
7. l'Attention Correcte ;
8. le Recueillement Correct.

Moines, ayant entendu ce chemin du début à la fin, vous devez connaître par vous-mêmes la Noble Vérité de la Souffrance extrême et, avec un cœur unifié, vous devez par vous-mêmes recevoir l'Évidence, recevoir la Paix intérieure, recevoir la Sagesse, la Compréhension et la Libération de l'Esprit.

Et vous devez connaître par vous-mêmes la Noble Vérité de l'Origine de la Souffrance extrême et recevoir vous-mêmes l'Évidence, la Paix intérieure, la Sagesse, la Compréhension et la Libération de l'Esprit.

Et avec la Noble Vérité de la Cessation, c'est la même chose.

Qu'est-ce que la Souffrance ?

Ceci : la naissance et la vieillesse sont souffrance ; la maladie est souffrance ; le chagrin, la peine et le regret sont souffrance ; être uni à ce que l'on déteste est souffrance ; être séparé de ce qu'on aime est souffrance ; ne pas obtenir ce que l'on désire est souffrance ; en résumé, tout le contenu des Cinq Agrégats est souffrance.

Et qu'est-ce que l'Origine de la Souffrance ?

C'est vouloir, sous l'effet de la convoitise, que se renouvelle une situation agréable et que ne disparaisse pas la joie du plaisir actuellement présent ; c'est l'amour [du Monde charnel] du Désir, l'amour [du Monde subtil] de la Forme, l'amour [du Monde spirituel] du Sans-Forme. Voilà l'Origine de la Souffrance.

Et qu'est-ce que la Cessation de la Souffrance ?

Sachant que c'est sous l'effet de la convoitise que se renouvellent le plaisir et les pensées impudiques, c'est ne plus avoir de convoitise, ne plus songer à accumuler ou à commettre l'impudicité, c'est abandonner cela et ne plus s'y fixer. Voilà la Cessation de la Souffrance.

Et qu'est-ce que le Chemin qui tend à la Cessation de l'Origine de la Souffrance ?

C'est le Noble Chemin aux huit pratiques : la Vue Correcte, l'Intention Correcte, la Parole Correcte, l'Action Correcte, la Vie Correcte, l'Effort Correct, l'Attention

Correcte, le Recueillement Correct. Voilà la Noble Vérité du Chemin qui tend à la Cessation de l'Origine de la Souffrance.

En comprenant : fondamentalement, il y a cette Loi jamais entendue auparavant, on recevra l'Évidence et la Paix, on recevra la Sagesse, on recevra la Compréhension et la Libération de l'Esprit.

En comprenant : il faut pénétrer cette Loi des Quatre Vérités jamais entendue auparavant, on recevra l'Évidence de la Voie, on recevra la Paix intérieure, on recevra la Sagesse, la Compréhension et la Libération de l'Esprit.

En comprenant : pour beaucoup demeure cette Loi des Quatre Vérités difficile à entendre, on recevra aussi l'Évidence, on recevra la Paix intérieure, on recevra la Sagesse, on recevra la Compréhension et la Libération de l'Esprit.

Tant que la connaissance de ces Quatre Vérités et de ces trois tours, ce qui fait en tout douze choses, ne fut pas claire en moi, je ne les proclamai pas dans le monde entier avec ses dieux, ses hommes, ses Brahmâs et ses Mâras, ses religieux et ses brahmanes. Mais quand cette connaissance fut pleinement acquise, je reçus et pratiquai la Moralité, le Recueillement, la Sagesse, la Délivrance et la Connaissance de la Réalisation. C'était le quatrième échelon : après cette vie, il n'y en aura pas d'autre. A jamais j'ai écarté le monde et je n'aurai plus ni chagrin ni peine. »

Pendant que le Bouddha enseignait cela, le Vénérable *Ajñâta-Kaundinya* et huit milliards de dieux éloignèrent les poussières, écartèrent les souillures et firent naître l'Œil de la Loi.

Ces mille moines, épuisant leurs passions et libérant leur esprit, obtinrent la Sainteté.

En outre, ceux qui, dans le ciel, grâce à la Loi de l'Origine, étaient devenus capables de la Cessation, tous ceux-là se mirent à faire tourner trois fois la Roue de la Loi aux multiples rayons.

Dans le monde des dieux, ceux qui demeuraient sur le terrain de la Loi ne furent pas sans la faire entendre partout : elle parvint successivement chez les Quatre Rois Célestes, chez les dieux Trente-Trois, chez les dieux

Brillants, chez les dieux Satisfaits, chez les dieux qui jouissent de leurs propres créations et chez les dieux qui contrôlent les créations d'autrui ; elle atteignit les mondes de Brahmâ et, en un instant, elle fut entendue partout.

Alors, dans le Monde du Bouddha, les 3 000 soleils et lunes et les 12 000 cieux et terres furent secoués par un grand coup de tonnerre. Grâce à cela, le Bouddha, qui avait commencé à *Vârânaśî*, pour le secours de beaucoup, à mettre en mouvement la Roue de la Loi insurpassable non encore mise en mouvement, se mit à briller sur des régions incalculables et tous les dieux et les hommes, lui donnant leur assentiment, obtinrent la Voie.

Quand le Bouddha eut fini d'enseigner ces choses, tous éprouvèrent une grande joie.

Soûtra enseigné par le Bouddha sur la Mise en mouvement de la Roue de la Loi.

5

Le non-soi

Le soûtra que nous proposons maintenant, tiré du Samyuktâgamasûtra (T. II, 100, 195, p. 444 c), traite d'un thème fondamental de la doctrine bouddhique : celui du non-soi (anâtman). Ce thème colore toute la vision qu'un bouddhiste a de lui-même, des autres êtres et de l'univers tout entier.

*Dans la pensée brahmanique, la notion de soi se réfère à quelque chose de permanent qui demeure identique à lui-même sous les formes changeantes et illusoires. L'expression se réfère aussi bien au Soi Suprême (*Paramâtman*), le* Brahman, *le principe éternel et impersonnel qui sous-tend toutes choses, qu'au soi-vivant (*jîvâtman*), qui confère à chaque être vivant son identité propre, pareille à elle-même au cours des transformations des vies successives.*

Pour le Bouddha, au contraire, tout est devenir et sans identité immuable : il nie donc l'existence du soi dans les deux sens exposés ci-dessus. Il accepte bien l'idée d'un moi empirique, mais celui-ci n'est qu'une notion conventionnelle, une construction illusoire de notre mental.

Affirmer que le soi existe, c'est ce qu'il appelle l'« extrême de l'éternalisme ». Cependant, il désigne comme l'« extrême du nihilisme » la conclusion qu'on pourrait tirer de cette négation, à savoir qu'il n'y a rien après la mort. Il reste ainsi fidèle au principe du « chemin du milieu » : la série mentale qui habite chacun des êtres vivants se renouvelle sans cesse selon un enchaînement causal à douze membres, lesquels sont de nature à se succéder à jamais, à moins que ne survienne la brisure de la chaîne, ce qui entraîne la libération, le Nirvâna, *l'être complètement nirvâné se trou-*

vant alors dans un « état » inconcevable pour nos esprits encore embourbés dans le cycle des naissances et des morts.

Ainsi ai-je entendu.

Une fois, le Bouddha demeurait à *Râjagriha*, sur le Mont Vautour, dans le bois des bambous de *Karanda*.

Alors, l'étudiant-brahmane *Vatsa* se rendit à l'endroit où se trouvait le Bouddha. Après avoir posé les questions [de politesse] au Bouddha, il demeura assis sur un côté.

Il dit au Bouddha :

« *Gautama !* En tous les êtres vivants, y a-t-il un soi ? »

Le Bouddha garda le silence et ne répondit pas.

De nouveau, il demanda :

« C'est donc qu'il n'y a pas de soi ? »

Encore une fois, le Bouddha ne répondit pas.

Alors *Vatsa* fit cette réflexion :

« J'ai interrogé plusieurs fois le religieux *Gautama* sur ce sujet, mais il garde le silence et ne sait pas que répondre. »

En ce moment, le servant *Ananda* s'affairait autour du Réalisé afin d'éventer le Bouddha. Quand *Ananda* eut entendu ces paroles, il dit au Bouddha :

« Honoré du Monde ! Pourquoi ne réponds-tu pas à la question de *Vatsa* ? Si tu ne réponds pas, *Vatsa* va dire : " J'ai interrogé le Réalisé et il ne sait pas que répondre ", et cela ne va-t-il pas le renforcer dans ses vues fausses ? »

Le Bouddha dit à *Ananda* :

« Déjà dans le passé, il m'a posé la question : " Tous les phénomènes ont-ils un soi ? " A cette question de *Vatsa*, je pourrais répondre : " Dans le passé, n'ai-je pas enseigné dans tous mes discours qu'il n'y a pas de soi ? "

Puisqu'il n'y a pas de soi, si je répondais à sa question, j'irais contre le principe même de la Voie.

Et pourquoi ?

Parce que s'il n'y a pas de soi dans tous les phénomènes, sur quel soi pourrais-je encore lui répondre ? S'il en est ainsi, je ne puis que le renforcer dans les doutes qu'il a eus jusqu'à présent.

Encore une fois, *Ananda,* si je disais qu'il y a un soi, je tomberais dans la conception éternaliste ; et si je disais qu'il n'y a pas de soi, je tomberais dans la conception nihiliste. Quand le Réalisé enseigne la Loi, il écarte les deux extrêmes et se conforme au chemin du milieu. Puisque tous ces phénomènes disparaissent, ils ne durent pas, mais parce qu'il y a continuité, ils ne sont pas anéantis.

[Ainsi donc], ils ne durent pas et ne sont pas anéantis, mais c'est à cause de ceci qu'il y a cela, c'est parce que ceci naît que cela va naître ; et c'est parce que ceci ne naît pas que cela ne naît pas non plus.

Ainsi, c'est à cause de l'ignorance qu'il y a les formations [karmiques], à cause des formations [karmiques] qu'il y a la conscience, à cause de la conscience qu'il y a l'ensemble physique et mental, à cause de l'ensemble physique et mental qu'il y a les six domaines [des facultés], à cause des six domaines [des facultés] qu'il y a le contact, à cause du contact qu'il y a la sensation, à cause de la sensation qu'il y a la soif, à cause de la soif qu'il y a le vouloir-saisir, à cause du vouloir-saisir qu'il y a le devenir, à cause du devenir qu'il y a la naissance, à cause de la naissance qu'il y a la vieillesse et la mort ainsi que le chagrin, la peine, la douleur, le regret et toute la masse des souffrances.

Et à cause de l'extinction des effets, quand l'ignorance s'éteint, les formations [karmiques] s'éteignent ; quand les formations [karmiques] s'éteignent, la conscience s'éteint ; quand la conscience s'éteint, l'ensemble physique et mental s'éteint ; quand l'ensemble physique et mental s'éteint, les six domaines [des facultés] s'éteignent ; quand les six domaines [des facultés] s'éteignent, le contact s'éteint ; quand le contact s'éteint, la sensation s'éteint ; quand la sensation s'éteint, la soif s'éteint ; quand la soif s'éteint, le vouloir-saisir s'éteint ; quand le vouloir-saisir s'éteint, le devenir s'éteint ; quand le devenir s'éteint, la naissance s'éteint ; quand la naissance s'éteint, la vieillesse et la mort s'éteignent ainsi que le chagrin, la peine, la douleur, le regret, et toute la masse des souffrances s'éteint. »

Quand le Bouddha eut dit cela, les moines, ayant entendu ce que le Bouddha avait enseigné, le reçurent avec joie et le mirent en pratique.

6

L'enchaînement causal

C'est le thème de l'enchaînement causal qui fait l'objet du texte du Samyuktâgamasûtra *(T. II, 99, 366, p. 101 a-b) présenté ci-dessous. La production conditionnée apparaît ici comme la découverte majeure qu'ont faite les Bouddhas du passé au moment de leur illumination : par là est soulignée l'importance de cet aspect de l'enseignement, en même temps qu'est mis en lumière son côté intemporel.*

Ainsi ai-je entendu.
Une fois, le Bouddha demeurait à *Śrâvastî,* au bosquet de *Jeta,* dans le jardin d'*Anâthapindada.*
Alors, l'Honoré du Monde dit aux moines :
« Quand le Bouddha *Vipaśyin* n'avait pas encore réalisé la Parfaite Illumination, il se retira dans un endroit calme et s'adonna à une méditation parfaite et subtile. Il eut cette pensée :
" Tous les êtres qui sont dans le monde sont tous entrés dans le cycle des naissances et des morts : ils naissent, mûrissent, dépérissent et disparaissent. En outre, tous ces êtres vivants sont sujets à la vieillesse et à la mort jusqu'à ce qu'ils sortent de la voie du monde, et ils n'ont pas une connaissance conforme à la vérité. "
Aussitôt, il eut encore cette réflexion :
" Pourquoi cette vieillesse et cette mort ? "
Réfléchissant ainsi au moyen d'une pensée correcte, il atteignit la vérité et, sans délai, se leva en lui la connaissance :

" C'est à cause de la naissance qu'il y a la vieillesse et la mort. "

Et de nouveau, au moyen d'une pensée correcte, il réfléchit :

" Pourquoi cette naissance ? "

Et de nouveau, au moyen d'une pensée correcte, il réfléchit et sans délai se leva en lui la connaissance :

" C'est à cause du devenir qu'il y a la naissance. "

Et de nouveau, au moyen d'une pensée correcte, il réfléchit :

" Pourquoi le devenir ? "

Et de nouveau, au moyen d'une pensée correcte, il réfléchit : selon la vérité et sans délai se leva en lui la connaissance :

" C'est à cause du vouloir-saisir qu'il y a le devenir. "

Et de nouveau, au moyen d'une pensée correcte, il réfléchit :

" Pourquoi le vouloir-saisir ? "

Et de nouveau, au moyen d'une pensée correcte, il réfléchit : selon la vérité et sans délai se leva en lui la connaissance :

" Le phénomène du vouloir-saisir, c'est attacher sa pensée à une sensation.

A cause du contact, il y a la soif.

Il faut savoir que c'est à cause de la soif qu'il y a le vouloir-saisir, à cause du vouloir-saisir qu'il y a le devenir, à cause du devenir qu'il y a la naissance, à cause de la naissance qu'il y a la vieillesse, la maladie, la mort, le chagrin, la peine, la douleur, le regret, et pareillement toute cette grande masse des souffrances.

C'est comme une lampe qui brûle en raison de l'huile et de la mèche : si, de temps en temps, l'on rajoute de l'huile et contrôle la mèche, cette lampe brille constamment, car elle brûle et ne s'éteint pas. "

Et comme cela s'était présenté à lui, il l'enseigna avec éloge, il l'enseigna avec puissance et largement l'expliqua. »

Quand le Bouddha eut fini d'exposer ce soûtra, tous les moines, ayant entendu ce que le Bouddha avait enseigné, le reçurent avec joie et le mirent en pratique.

Comme il en fut du Bouddha *Vipaśyin*, ainsi en fut-il du Bouddha *Śikhin*, du Bouddha *Viśvabhû*, du Bouddha *Krakucchanda*, du Bouddha *Kanakamuni* et du Bouddha *Kâśyapa* : tous enseignèrent de la même manière.

7

Les trois racines

*Le soûtra suivant nous vient de l'*Ekottarâgamasûtra *(T. II, 125, 23, 8, p. 614 b). Il montre que si l'on plante en soi-même les trois racines de démérite, on tombera dans les trois mauvaises destinées. Si, au contraire, on plante les trois racines de mérite, on gagnera d'abord les deux bonnes destinées et l'on atteindra pour finir le* Nirvâna.

Les trois racines de démérite sont aussi désignées comme les trois poisons, les trois blessures ou les trois brûlures.

Entendu tel quel.

Une fois, le Bouddha demeurait à *Śrâvastî*, au bosquet de *Jeta*, dans le jardin d'*Anâthapindada*.

Alors l'Honoré du Monde dit aux moines :

« Voici trois racines de démérite.

Quelles sont ces trois ?

Ce sont la racine de démérite de la convoitise, la racine de démérite de la haine, la racine de démérite de la sottise.

Moines ! si l'on possède ces trois racines de démérite, on tombe dans les trois mauvaises destinées.

Quelles sont ces trois ?

Ce sont les enfers, les revenants faméliques et les naissances animales. Les voilà, moines !

Si l'on possède ces trois racines de démérite, on a aussitôt les trois mauvaises destinées.

Moines ! il vous faut savoir qu'il y a trois racines de mérite.

Quelles sont ces trois ?

Ce sont la racine de mérite de l'absence de convoitise, la

racine de mérite de l'absence de haine, la racine de mérite de l'absence de sottise. Voilà, moines, ces trois racines de mérite !

Si l'on possède ces trois racines de mérite, on a aussitôt les deux bonnes demeures et, ce qui fait trois, le *Nirvâna*.

Quelles sont ces deux destinées ?

Ce sont les humains et les dieux.

Ainsi, moines, si l'on possède ces trois racines de mérite, on va renaître dans ces bonnes destinées. C'est pourquoi, moines, il vous faut détruire les trois racines de démérite et cultiver les trois racines de mérite.

Voilà, moines, ce qu'il vous faut savoir. »

Alors les moines, ayant entendu ce que le Bouddha avait enseigné, le reçurent avec joie et le mirent en pratique.

8

Les cinq empêchements

*Celui qui s'engage sur la Voie et souhaite se livrer aux saintes pratiques, doit surmonter cinq obstacles, éliminer cinq empêchements. C'est ce que nous rappelle le texte qui suit, extrait de l'*Ekottarâgamasûtra *(T. II. 125, 32, 2, p. 674 a).*

Entendu tel quel.
Une fois, le Bouddha demeurait à *Śrâvastî*, au bosquet de *Jeta,* dans le jardin d'*Anâthapindada.*
Alors l'Honoré du Monde dit aux moines :
« Maintenant, je vais vous parler d'une masse de choses mauvaises et vous allez [ensuite] réfléchir à celles qui sont bonnes. »
Les moines répondirent :
« D'accord, Honoré du Monde ! »
L'Honoré du Monde leur dit :
« Qu'est-ce que j'appelle une " masse de choses mauvaises " ?
Ce sont les cinq empêchements.
Quels sont ces cinq ?
Ce sont l'empêchement de la convoitise, l'empêchement de la colère, l'empêchement de la torpeur, l'empêchement de l'agitation, l'empêchement du doute.
Voilà ce que j'appelle les cinq empêchements.
Si l'on veut savoir ce qu'est la masse des choses mauvaises, eh bien ! c'est ce que j'appelle les cinq empêchements.
Et pourquoi ?

Moines ! il vous faut savoir que là où se trouvent ces cinq empêchements, il y a les naissances animales, les revenants faméliques et les différents enfers. Toutes les choses mauvaises proviennent de là. C'est pourquoi, moines, il vous faut chercher le moyen d'éteindre l'empêchement de la convoitise, l'empêchement de la colère, l'empêchement de la torpeur, l'empêchement de l'agitation, l'empêchement du doute.

Voilà, moines, ce qu'il vous faut savoir. »

Alors les moines, ayant entendu ce que le Bouddha avait enseigné, furent remplis de joie. Ayant salué, ils s'en allèrent.

Les sept facteurs de l'Illumination

En progressant vers la Délivrance, on finit par atteindre l'Illumination et le Nirvâna. La réalisation s'accompagne de sept opérations mentales, les « sept facteurs de l'Illumination », que le soûtra de l'Ekottarâgamasûtra qu'on va lire (T. II, 125, 39, 7, p. 731 b) compare aux sept joyaux qui apparaissent, quand un saint empereur universel ou « roi faisant tourner la roue » se lève dans le monde.

Entendu tel quel.
Une fois, le Bouddha demeurait à *Śrâvastî*, au bosquet de *Jeta*, dans le jardin d'*Anâthapindada*.
Alors l'Honoré du Monde dit aux moines :
« Quand un saint empereur universel apparaît dans le monde, il y a aussitôt sept joyaux qui apparaissent dans le monde, à savoir : le joyau de la roue, le joyau de l'éléphant, le joyau du cheval, le joyau de la perle, le joyau de la reine, le joyau du ministre d'État, le joyau du général.
Quand un saint empereur universel apparaît dans le monde, aussitôt se manifestent dans le monde ces sept joyaux.
Quand un Réalisé apparaît dans le monde, il y a aussitôt les joyaux des sept facteurs de l'Illumination qui apparaissent dans le monde.
Quels sont ces sept ?
Apparaissent dans le monde : le facteur d'illumination de l'attention, le facteur d'illumination de la Loi, le facteur d'illumination de l'énergie, le facteur d'illumination de la

joie, le facteur d'illumination de la tranquillité, le facteur d'illumination du recueillement, le facteur d'illumination de l'équanimité.

Quand un Réalisé apparaît dans le monde, aussitôt apparaissent dans le monde ces sept facteurs d'illumination. Voilà pourquoi, moines, il vous faut chercher le moyen de cultiver ces sept facteurs.

Voilà, moines, ce qu'il vous faut savoir. »

Alors les moines, ayant entendu ce que le Bouddha avait enseigné, le reçurent avec joie et le mirent en pratique.

10

Définition du « Nirvâna »

Le but de toute pratique bouddhique, c'est de parvenir à se libérer de la nécessité de renaître au milieu du grand océan de la souffrance. Autrement dit : c'est le Nirvâna.

Celui-ci peut être atteint en cette vie même, du moins en théorie, ou bien après la mort, dans une autre vie. Le Nirvâna *n'est pas une divinité, personnelle ou impersonnelle, transcendante ou immanente, à laquelle il faut s'unir, et il n'est pas non plus le néant. Le mot « nirvâna » signifie « extinction »; cela veut dire que le* Nirvâna, *c'est l'extinction de toutes les causes qui font renaître, l'extinction de toutes les souillures, l'extinction de la souffrance ; on l'appelle justement « cessation de l'origine de la souffrance ». Le soûtra du* Samyuktâgamasûtra *qu'on va lire (T. II, 99, 365, p. 101 a) ne suggère pas autre chose.*

Ainsi ai-je entendu.

Une fois, le Bouddha demeurait à *Śrâvastî*, au bosquet de *Jeta*, dans le jardin d'*Anâthapindada*.

Alors l'Honoré du Monde dit aux moines :

« Voir la Loi, c'est le *Nirvâna !* Pourquoi le Réalisé enseigne-t-il que " voir la Loi, c'est le *Nirvâna* " ? »

Les moines dirent au Bouddha :

« L'Honoré du Monde est l'Organe de la Loi, l'Œil de la Loi, le Support de la Loi ! C'est bien ! que l'Honoré du Monde nous expose seulement que " voir la Loi, c'est le *Nirvâna* " et nous, les moines, ayant entendu cela, nous le recevrons avec respect et le mettrons en pratique !

— Moines, que signifie " voir la Loi, c'est le *Nirvâna* " ? »

Le Bouddha dit aux moines :

« Écoutez-moi avec attention et réfléchissez bien ! Je vais vous enseigner.

S'il y a un moine qui, dans ce monde de la vieillesse, de la maladie et de la mort, écarte paisiblement les désirs, les fait s'éteindre, les fait s'épuiser, de sorte que ne puissent plus se lever les courants passionnés, son cœur étant bon, il est délivré.

Voilà, moines, ce que veut dire : " voir la Loi, c'est le *Nirvâna* " ! »

Quand le Bouddha eut fini d'exposer ce soûtra, les moines, ayant entendu ce que le Bouddha avait enseigné, le reçurent avec joie et le mirent en pratique.

Deux sortes de « Nirvâna »

Le Nirvâna *étant la rupture des liens qui maintiennent les êtres dans le cycle des naissances et des morts, on peut distinguer plusieurs sortes de* Nirvâna *en fonction des chaînes qui ont été définitivement rompues. On dira, par exemple, que ceux qui sont entrés dans le courant ont réalisé un* Nirvâna *incomplet, parce qu'ils ont seulement et définitivement rompu les liens qui pourraient les faire renaître dans les mauvaises destinées. Le soûtra que nous proposons maintenant, tiré de l'*Ekottarâgamasûtra *(T. II, 125, 16, 2, p. 579 a), distingue un* Nirvâna *avec résidus et un* Nirvâna *sans résidus, et il en donne une définition.*

Entendu tel quel.
Une fois, le Bouddha demeurait à *Śrâvastî*, au bosquet de *Jeta*, dans le jardin d'*Anâthapindada*.
Alors l'Honoré du Monde dit aux moines :
« Voici deux sortes de sphères du *Nirvâna*.
Quelles sont ces deux ?
Ce sont la sphère du *Nirvâna* où il y a des résidus et la sphère du *Nirvâna* où il n'y a pas de résidus.
Qu'appelle-t-on " sphère du *Nirvâna* où il y a des résidus " ?
C'est le *Nirvâna* dans lequel, moines, sont détruits les cinq liens inférieurs et où l'on parviendra à la Délivrance sans revenir en ce monde.
Voilà ce qu'on appelle " sphère du *Nirvâna* où il y a des résidus ".

Et qu'appelle-t-on " sphère du *Nirvâna* où il n'y a pas de résidus " ?

Ceci, moines : les passions étant épuisées, on réalise l'état sans passions ; l'esprit est délivré et l'on a connaissance de la Délivrance ; le cycle des naissances et des morts est rompu et la vie sainte est accomplie ; on connaît selon la vérité qu'on ne recevra plus d'autre existence.

Voilà ce qu'on appelle " sphère du *Nirvâna* où il n'y a pas de résidus ".

De ces deux sphères du *Nirvâna,* il vous faut chercher le moyen d'atteindre la sphère du *Nirvâna* où il n'y a pas de résidus.

Voilà, moines, ce qu'il vous faut savoir. »

Alors les moines, ayant entendu ce que le Bouddha avait enseigné, le reçurent avec joie et le mirent en pratique.

12

Le Noble Chemin Octuple

La libération est nécessairement obtenue quand on suit parfaitement le Noble Chemin aux huit embranchements, lequel constitue, nous l'avons vu, la quatrième des Nobles Vérités.

Nous donnons maintenant la traduction d'un texte du Samyuktâgamasûtra *(T. II, 99, 784, p. 203 a), où le Bouddha définit chacun des éléments qui composent le Chemin.*

A vrai dire, la version chinoise n'est pas entièrement claire, et pour la rendre vraiment compréhensible, nous nous sommes inspirés de textes parallèles.

Ainsi ai-je entendu.

Une fois, le Bouddha demeurait à *Śrâvastî*, au bosquet de *Jeta*, dans le jardin d'*Anâthapindada*.

Alors l'Honoré du Monde dit aux moines :

« Il y a du faux, il y a du correct !

Écoutez-moi avec attention et réfléchissez bien : je vais vous donner mon enseignement.

Qu'est-ce qui est faux ?

C'est la vue fausse et la suite jusqu'au recueillement faux.

Et qu'est-ce qui est correct ?

C'est la vue correcte et la suite jusqu'au recueillement correct.

Qu'est-ce que la vue correcte ?

C'est dire : " Il y a l'abandon, il y a l'enseignement, il y a la purification ; il y a la bonne conduite, il y a la mauvaise conduite, il y a les fruits de la bonne et de la mauvaise conduite ; il y a ce monde, il y a l'autre monde ; il y a des pères et des mères, il y a des êtres vivants qui naissent ; il y a ceux qui parviennent au bienfait de la Sainteté, il y a ceux qui tendent à ce bienfait ; il y a cette vie, il y a l'autre vie ; [également], on sait qu'on est parvenu à l'accomplissement : 'Moi, étant né, j'ai atteint l'épuisement ; ayant vécu la vie pure, c'est terminé : ce qui était à faire est fait ; je sais que je ne recevrai plus de nouvelle existence.' "

Et qu'est-ce que l'intention correcte ?

C'est l'intention fondamentale de se libérer, l'intention de ne pas s'emporter, l'intention de ne pas nuire.

Et qu'est-ce que la parole correcte ?

C'est éviter le mensonge, éviter la médisance, éviter l'injure, éviter les vains propos.

Et qu'est-ce que l'action correcte ?

C'est éviter de tuer, de voler, de commettre l'impudicité.

Et qu'est-ce que la vie correcte ?

C'est rechercher le vêtement, la nourriture, le gîte, la médication conformes à la Loi et non ceux qui ne sont pas conformes à la Loi.

Et qu'est-ce que l'effort correct ?

C'est vouloir avec persévérance les moyens de se libérer, c'est faire diligence et se montrer capable d'endurance, c'est toujours progresser sans jamais reculer.

Et qu'est-ce que l'attention correcte ?

C'est suivre les pensées, les contrôler et ne pas les laisser s'égarer.

Et qu'est-ce que le recueillement correct ?

C'est maintenir son esprit dans le calme, le fixer solidement, le pacifier, le concentrer, l'unifier. »

Quand le Bouddha eut fini d'exposer ce soûtra, les moines, ayant entendu ce que le Bouddha avait enseigné, le reçurent avec joie et le mirent en pratique.

13

Les huit saints

En divers textes, nous avons appris que ceux qui s'engagent sur la Voie conquièrent successivement quatre fruits et constituent, de ce fait, quatre sortes de saints ou nobles êtres. Il y a cependant des textes qui parlent de huit saints. Le soûtra qu'on va lire se rapporte à ces saints ; il fait partie de l'Ekottarâgamasûtra (T. II, 125, 43, 10, p. 764 c).

Entendu tel quel.
Une fois, le Bouddha demeurait à *Śrâvastî*, au bosquet de *Jeta*, dans le jardin d'*Anâthapindada*.
Alors l'Honoré du Monde dit aux moines :
« Il y a huit sortes d'hommes qui, tout en tournant dans le cycle des naissances et des morts, ne demeurent plus dans le cycle des naissances et des morts.
Quelles sont ces huit sortes ?
Nommément : ceux qui aspirent à entrer dans le courant et ceux qui ont obtenu d'entrer dans le courant ; ceux qui aspirent à n'avoir plus à revenir qu'une fois et ceux qui ont obtenu de n'avoir plus à revenir qu'une fois ; ceux qui aspirent à n'avoir plus à revenir et ceux qui ont obtenu de n'avoir plus à revenir ; ceux qui aspirent à devenir des Saints et ceux qui ont obtenu d'être des Saints.
Voilà, moines, quelles sont les huit sortes d'hommes qui, tout en tournant dans le cycle des naissances et des morts, ne demeurent plus dans le cycle des naissances et des morts.
C'est pourquoi, moines, il vous faut chercher le moyen de vous délivrer des vicissitudes du cycle des naissances et

des morts, le moyen de ne plus demeurer dans le cycle des naissances et des morts.

Voilà, moines, ce qu'il vous faut savoir. »

Alors les moines, ayant entendu ce que le Bouddha avait enseigné, le reçurent avec joie et le mirent en pratique.

14

Les trois groupes d'êtres

Eu égard à leur marche vers la Délivrance, le Bouddha a distingué parmi tous les êtres vivants trois catégories : 1º. ceux qui sont correctement fixés, à savoir : ceux qui se sont engagés d'une manière irréversible sur la Voie et ne peuvent plus retomber dans les mauvaises destinées; 2º. ceux qui sont faussement fixés, à savoir : ceux qui ont commis des actes mauvais si graves qu'ils vont nécessairement tomber dans une condition défavorable; 3º. ceux qui ne sont pas fixés parce que leurs actes n'ont pas créé en eux une disposition suffisamment déterminante.

Le soûtra de l'Ekottarâgamasûtra (T. II, 125, 23, 9, p. 614 b-c) que nous proposons maintenant, fournit une sorte de définition de ces trois groupes, tout en présentant et définissant, en seconde partie, trois autres catégories légèrement différentes.

Entendu tel quel.
Une fois, le Bouddha demeurait à *Srâvastî*, au bosquet de *Jeta*, dans le jardin d'*Anâthapindada*.
Alors l'Honoré du Monde dit aux moines :
« Voici trois groupes.
Quels sont ces trois ?
Ce sont le groupe des correctement fixés, le groupe des faussement fixés et le groupe des non-fixés.
Qui forme le groupe des correctement fixés ?
Ceux qui ont la vue correcte, l'intention correcte, la parole correcte, l'action correcte, la vie correcte, l'effort correct, l'attention correcte et le recueillement correct.

Voilà ceux qui forment le groupe des correctement fixés.
Et qui forme le groupe des faussement fixés ?
Ceux qui ont la vue fausse, l'intention fausse, la parole fausse, l'action fausse, la vie fausse, l'effort faux, l'attention fausse et le recueillement faux.

Voilà ceux qui forment le groupe des faussement fixés.
Et qui forme le groupe des non-fixés ?
Ceux qui ne connaissent pas la Souffrance, qui ne connaissent pas l'Origine, qui ne connaissent pas la Cessation, qui ne connaissent pas le Chemin, qui ne connaissent pas le groupe des correctement fixés, qui ne connaissent pas le groupe des faussement fixés, qui ne connaissent pas le groupe des non-fixés.

Moines ! il vous faut savoir qu'il y a encore trois groupes.
Quels sont ces trois ?
Ce sont le groupe des gens de bien, le groupe des gens corrects et le groupe des prédestinés.
Qu'appelle-t-on le groupe des gens de bien ?
Ceux qui ont les trois racines de bien.
Quelles sont ces racines de bien ?
La racine de bien de l'absence de convoitise, la racine de bien de l'absence de haine, la racine de bien de l'absence de sottise.

Voilà le groupe des gens de bien !
Et qu'appelle-t-on le groupe des gens corrects ?
Les êtres nobles et saints qui suivent le Chemin Octuple : la vue correcte, l'intention correcte, la parole correcte, l'action correcte, la vie correcte, l'effort correct, l'attention correcte et le recueillement correct.

Voilà ce qu'on appelle le groupe des gens corrects !
Et quels sont ceux qui forment le groupe des prédestinés ?
Ceux qui connaissent la Souffrance, qui connaissent l'Origine, qui connaissent la Cessation, qui connaissent le Chemin, qui connaissent le groupe des gens de bien, qui connaissent le groupe des gens corrects, qui connaissent le groupe des prédestinés.

Voilà ce qu'on appelle le groupe des prédestinés !
C'est pourquoi, moines, il vous faut vous tenir éloignés du groupe des faussement fixés et du groupe des non-fixés ;

quant au groupe des correctement fixés, il vous faut l'accueillir et le suivre.

Voilà, moines, ce qu'il vous faut savoir. »

Alors les moines, ayant entendu ce que le Bouddha avait enseigné, le reçurent avec joie et le mirent en pratique.

VI

La sagesse

1

Les trois portes de la Délivrance

La cinquième pratique des laïcs est la sagesse, qui est en quelque sorte l'aboutissement des précédentes et leur couronnement.

Le mot sanskrit désignant la sagesse est prajñā, *qui implique la notion de connaissance. On distingue trois degrés de sagesse : il y a d'abord la sagesse par l'audition : on connaît après avoir entendu ; il y a ensuite la sagesse par la réflexion : on adhère intimement à ce qu'on a entendu, parce qu'on a compris que cela est vrai à la suite d'un examen approfondi ; il y a enfin la sagesse par la culture mentale.*

Les deux premières sagesses sont obtenues par l'audition et l'étude des enseignements du Bouddha, lesquels sont contenus, pour l'essentiel, dans les textes des chapitres précédents. La troisième sagesse s'acquiert par la pratique de ces enseignements et par des exercices spécifiques, évoqués dans les soûtras que nous proposons maintenant, sans qu'il soit possible de les présenter tous.

*Voici d'abord un soûtra de l'*Ekottarâgamasûtra *(T. II, 125, 24, 10, p. 630 b) recommandant la pratique de recueillements appelés « les trois portes de la Délivrance » : celui du vide de toutes choses, celui de l'absence de but, celui de l'absence de caractères (ou de réflexion). Il convient de souligner ici que la méditation sur le vide porte sur le vide de toutes choses : il ne porte donc pas sur une entité transcendante ou immanente, un dieu unique, personnel ou impersonnel, qu'on désignerait comme étant vacuité pour montrer l'impossibilité de le saisir au moyen de concepts et à travers* *les mots. Dans les trois recueillements dont il s'agit, toutes choses sont contemplées d'abord comme vides, puis comme incapables de constituer un but, enfin sans qu'on les colore en projetant sur elles les souvenirs des expériences passées : l'intention de ces recueillements est d'aboutir à un esprit sans attaches et non à l'union avec une entité considérée comme un absolu.*

Entendu tel quel.
Une fois, le Bouddha demeurait à *Śrâvastî*, au bosquet de *Jeta*, dans le jardin d'*Anâthapindada*.
Alors l'Honoré du Monde dit aux moines :
« Voici trois recueillements[23].

Quels sont ces trois ?

Le recueillement du vide, le recueillement de l'absence de but et le recueillement de l'absence de caractères.

Qu'est-ce que le recueillement du vide ?

Le vide, c'est considérer tous les phénomènes comme étant complètement vides. Voilà le recueillement du vide.

Qu'est-ce que le recueillement de l'absence de caractères ?

L'absence de caractères, c'est demeurer sans réflexion à l'égard de tous les phénomènes et ne pas consentir à les voir. Voilà le recueillement de l'absence de caractères.

Qu'est-ce que le recueillement de l'absence de but ?

L'absence de but, c'est ne rien souhaiter à l'égard de tous les phénomènes. Voilà le recueillement de l'absence de but.

Ainsi, moines, tant que l'on ne possède pas ces trois recueillements, on demeure pour longtemps dans le cycle des naissances et des morts et l'on n'est pas capable de s'éveiller à la Connaissance.

---

23. La combinaison du contenu de ce texte et des deux suivants avec l'idéal des bodhisattvas, dont la 6ᵉ perfection est la sagesse, donna naissance aux soûtras du *Mahâyâna* intitulés « Grande Perfection de Sagesse » (*Mahâ-Prajñâ-Pâramitâ*).

Ainsi, moines, il vous faut chercher le moyen d'obtenir ces trois recueillements.

Voilà, moines, ce qu'il vous faut savoir. »

Alors les moines, ayant entendu ce que le Bouddha avait enseigné, le reçurent avec joie et le mirent en pratique.

2

La juste manière de voir

Quand il est affirmé que « tous les phénomènes, ou toutes choses, sont sans soi », de quoi s'agit-il au juste ? Le soûtra du Samyuktâgamasûtra *(T. II, 99, 1, p. 1 a) que nous allons aborder nous répond : il s'agit des cinq groupes ou agrégats (*skandha*) qui constituent la trame et la chaîne de notre vie, à savoir : la forme (les quatre éléments, les sens et leurs objets, les qualités matérielles, la différenciation sexuelle), la sensation (les dix-huit impressions agréables, désagréables ou neutres résultant du contact des sens et du mental avec leurs objets propres), la perception (qui distingue le contenu des groupes précédents), la formation (les opérations mentales telles que les définitions, les jugements, les raisonnements, les sentiments, les volitions, etc.), enfin la conscience (celle qu'on a de tout le reste).*

Le soûtra attribue à ces cinq groupes les quatre caractéristiques de la Noble Vérité de la Souffrance, à savoir : l'impermanence (tout est transitoire), la souffrance (du fait qu'il y a des choses désagréables, d'autres qui sont agréables, mais sont transitoires, d'autres enfin qui sont neutres, mais sont conditionnées), le vide (il n'y a pas de soi sous les apparences), le non-soi (aucun des groupes n'est un soi pour les autres).

Considérer les choses ainsi, c'est la juste manière de voir, la sagesse qui conduit à la Délivrance.

Ainsi ai-je entendu.
Une fois, le Bouddha demeurait à *Śrâvastî*, au bosquet de *Jeta*, dans le jardin d'*Anâthapindada*.

Alors l'Honoré du Monde dit aux moines :
« Vous devez considérer la forme comme impermanente.

En la considérant ainsi, vous la considérez correctement.

En la considérant correctement, vous faites naître le détachement à son égard.

En ayant du détachement à son égard, vous mettez fin au désir d'en tirer du bonheur.

Or, mettre fin au désir d'en tirer du bonheur, c'est cela que j'appelle la Délivrance du cœur.

Considérez pareillement la sensation, la perception, la formation et la conscience.

En les considérant ainsi, vous les considérez correctement.

En les considérant correctement, vous faites naître le détachement à leur égard.

En ayant du détachement à leur égard, vous mettez fin au désir d'en tirer du bonheur.

Or, mettre fin au désir d'en tirer du bonheur, c'est cela que j'appelle la Délivrance du cœur.

Une fois le cœur délivré, si l'on souhaite sa propre réalisation, on pourra [dire] : " Moi, étant né, j'atteins l'épuisement ; ayant eu une conduite pure, c'est terminé : ce qui était à faire est fait ; je sais que pour moi, il n'y aura plus de nouvelle existence. "

Considérez ainsi l'impermanence.

Avec la souffrance, le vide et le non-soi, c'est la même chose. »

Alors les moines, ayant entendu ce que le Bouddha avait enseigné, le reçurent avec joie et le mirent en pratique.

3

Comment considérer toutes choses

Le texte que nous proposons maintenant, également tiré du Samyuktâgamasûtra *(T. II, 99, 10, p. 2 a), traite du même sujet que celui qu'on vient de lire, mais il le présente d'une manière un peu différente.*

Ainsi ai-je entendu.
Une fois, le Bouddha demeurait à *Śrâvastî*, au bosquet de *Jeta*, dans le jardin d'*Anâthapindada*.
Alors l'Honoré du Monde dit aux moines :
« La forme est impermanente.
Étant impermanente, elle est souffrance.
Étant souffrance, elle n'est pas le Moi.
N'étant pas le Moi, elle n'est pas non plus le Mien.
La considérer ainsi, c'est ce que j'appelle la vraie manière de la considérer.
De même, la sensation, la perception, la formation et la conscience sont impermanentes.
Étant impermanentes, elles sont souffrance.
Étant souffrance, elles ne sont pas le Moi.
N'étant pas le Moi, elles ne sont pas non plus le Mien.
Les considérer ainsi, c'est ce que j'appelle la vraie manière de les considérer.
Nobles Disciples ! considérer [les choses] ainsi, c'est se délivrer de la forme, c'est se délivrer de la sensation, de la perception, de la formation et de la conscience.
Voilà comment j'enseigne à se délivrer de la naissance, de la vieillesse, de la maladie, de la mort, du chagrin, de la peine, de la souffrance et du regret. »
Alors les moines, ayant entendu ce que le Bouddha avait enseigné, le reçurent avec joie et le mirent en pratique.

4

Comment un homme du commun parvint à la sagesse

Nous donnons maintenant la traduction d'un Jâtaka, toujours tiré du « Soûtra rassemblant les six perfections » (T. III, 152, 6, 85, p. 47 b-c).

Ce récit montre comment le futur Bouddha développa en lui la sagesse, tandis qu'il avait pris naissance comme un homme du commun.

Le texte fait intervenir des fantasmagories pour souligner la nature illusoire de tout ce qui nous arrive dans la vie. On remarquera que ces fantasmagories sont considérées par le bodhisattva comme des « transformations dues à la sagesse des Bouddhas », mais aussi comme des pièges tendus par les « femmes de Mâra », ce dernier étant connu comme le « Prince de ce monde charnel du Désir » (Kâmadhâtu) et le tentateur par excellence : cela signifie que les attraits des joies d'ici-bas peuvent devenir des leçons de sagesse, si nous nous laissons pénétrer par l'enseignement des Bouddhas.

A la fin du récit, le bodhisattva parvient à la sagesse en considérant l'impermanence de toutes choses et en pratiquant les trois recueillements du vide, de l'absence de but et de l'absence de caractères.

Autrefois, le bodhisattva fut, à un moment donné, un homme du commun.

A l'âge de seize ans, comme il avait un caractère volontaire et une intelligence pénétrante, il étudia beaucoup de choses et sa connaissance fut universelle. Il n'y avait pas un livre qu'il ne se soit appliqué à comprendre. Il réfléchissait profondément aux multiples voies contenues dans les livres, [se demandant] quels livres étaient les plus véridiques et quelles voies les plus certaines.

Après avoir réfléchi, il prononça cet éloge :

« Ce sont seulement les soûtras du Bouddha qui sont les plus véridiques et il n'y a rien de plus certain. »

Il se dit aussi :

« Je dois me souvenir des vérités qu'ils contiennent et demeurer dans les certitudes qu'ils apportent. »

Or ses proches voulurent lui faire prendre femme. Mais il ne fut pas d'accord et dit :

« La beauté étant source d'ennuis nombreux, je ne dois pas me laisser dominer par elle. Si la séduction exercée par la beauté m'atteint, c'en sera fini des mérites de la Voie. Si je ne m'enfuis pas à toutes jambes, je tomberai dans la gueule du loup ! »

Sur ce, il partit dans un autre pays et il s'y présenta comme un ouvrier salarié.

Or il y avait un propriétaire terrien qui était vieux et n'avait pas d'héritier. Il n'avait jamais pris femme. Mais quand il traversait le pays pour vendre ses fleurs, il éprouvait le désir d'avoir un fils, afin d'en faire son héritier.

Comme il cherchait un garçon pour se l'associer, ne suffisant plus à couvrir le pays, il embaucha le bodhisattva. Pendant cinq ans consécutifs, il observa son comportement. En s'informant à son sujet, il finit par s'attacher à lui. Tout heureux dans son cœur, il lui dit : « Jeune homme ! Ma maison est suffisante. Marie-toi et je ferai de toi mon héritier. Une femme possède des qualités divines ! »

Le doute s'introduisit profondément dans le cœur du bodhisattva. Mais tout de suite, il se réveilla en disant :

« Ce que je vois, ce sont des transformations dues à la sagesse des Bouddhas ! En jouissant des formes, je vais me brûler ! Bien que je sois un homme, je vais devenir comme un papillon qui vole : attiré par la forme du feu, dès que le papillon voit une flamme, il s'y brûle ! C'est au moyen des formes que ce monsieur va me brûler le corps. Si je me laisse prendre à l'hameçon des biens matériels, les tracas d'une famille feront périr les mérites que j'ai acquis ! »

Par une nuit obscure, il s'enfuit et s'en alla cent lieues plus loin, se guidant d'après le ciel. Il se rendit dans une auberge.

L'aubergiste lui dit :

« Qui es-tu ? »

Il répondit :

« Un voyageur ! »

L'aubergiste l'invita à entrer. Il vit alors un lit merveilleux et l'éclat d'une foule d'objets précieux. Il y avait là une dame : elle avait l'apparence modeste d'une veuve. Le doute fut au cœur du bodhisattva. Il voulut s'unir à elle et il demeura là cinq ans. Mais son cœur de sagesse se réveilla et il dit :

« L'impudique est comme un scorpion qui se pique lui-même et s'expose à la mort. C'est pourquoi je vais m'enfuir en cachette et ainsi parer le coup. »

A la nuit, en toute vitesse, il s'en alla.

Il vit alors devant lui, dans un palais, comme le Joyau de l'Épouse. De nouveau, le doute lui vint au cœur : il s'unit à elle et resta là pendant dix ans.

Mais son cœur de sagesse se réveilla et il dit :

« C'est pour moi une grande calamité ! Même en m'enfuyant, je ne peux y échapper ! »

Et au fond de son cœur, il fit cette promesse :

« C'est fini, je ne resterai plus là ! »

Et de nouveau, il s'enfuit. Au loin, il vit une grande bâtisse. Pour l'éviter, il marcha sur l'herbe. Mais le portier dit :

« Qui donc marche dans la nuit ? »

Il répondit :

« Je vais jusqu'au village. »

[Le portier] dit :

« Tu peux rester ici ! »

En entrant, l'homme poussa un cri : devant lui, il vit la même chose que précédemment. La femme lui dit :

« Durant des âges incalculables, tu as promis de former une famille. Dépêche-toi de la fonder ! »

Le bodhisattva se dit en pensée :

« Les racines du Désir sont difficiles à arracher. Alors, comment s'en sortir ? »

Aussitôt se leva en lui la pensée des quatre impermanences. Il dit :

« En me concentrant sur l'impermanence, la souffrance, le vide et le non-soi, je détruirai les impuretés des trois mondes. Pourquoi tant de souillures et ne pas être capables de les anéantir ? Si je fais se lever ces quatre pensées, les femmes de Mâra s'évanouiront aussitôt. »

Dans son cœur, il eut une vision : il aperçut soudain les Bouddhas qui demeuraient devant lui, debout. Ils lui enseignèrent les recueillements du vide, de l'absence de but et de l'absence de caractères. Il prit alors les règles des religieux et devint un maître insurpassable.

Telle fut la perfection sans limites de la Toute-Sagesse du bodhisattva, sa pratique du détachement résultant de la connaissance.

5

L'homme supérieur

*Il nous faut maintenant étudier un texte de l'*Ekottarâgamasûtra *(T. II, 125, 41, 3, p. 745 b) qui constitue en quelque sorte une synthèse des précédents : il rappelle en effet les trois recueillements et développe le thème des « quatre établissements de l'attention », lesquels se rapportent au corps, aux sensations, aux états d'esprit et aux pensées, c'est-à-dire, en fait, aux cinq groupes ou agrégats qui englobent toute notre vie. Le soûtra chapeaute cependant ces exercices au moyen des « quatre pensées illimitées » qui sont l'amour bienveillant, la compassion, la joie et l'équanimité. L'amour bienveillant, c'est vouloir « que tous les êtres soient heureux » ; la compassion, c'est vouloir « que tous les êtres qui souffrent soient délivrés de leurs peines » ; la joie, c'est quand « je me réjouis du bonheur de tous les êtres » ; l'équanimité, c'est quand « je garde de bonnes dispositions à l'égard de tous les êtres, qu'ils soient bienveillants, hostiles ou indifférents ». Ces dispositions d'esprit sont, dans la perspective bouddhique, inséparables de la sagesse, laquelle, on l'a vu, invite à accepter les êtres tels qu'ils sont et à ne pas s'y attacher.*

Entendu tel quel.

Une fois, le Bouddha demeurait à *Śrâvastî*, au bosquet de *Jeta*, dans le jardin d'*Anâthapindada*.

Alors l'Honoré du Monde dit aux moines :

« En possédant le mérite de la contemplation de sept sujets, ainsi que celui de l'attention aux quatre choses, en ce moment même, on est appelé un homme supérieur.

Comment un moine possède-t-il le mérite de la contemplation des sept sujets ?

Comme ceci : un moine répand une pensée d'amour dans une direction, dans deux directions, dans trois directions, dans quatre directions, dans les quatre points intermédiaires, en haut et en bas ; de même, pénétrant complètement le monde, il le remplit avec des pensées d'amour.

Avec les pensées de compassion, de joie, d'équanimité, de vide, d'absence de réflexion et d'absence de but, il procède de même.

Jouissant de toutes ses facultés et se modérant dans le boire et le manger, il est constamment en éveil.

Voilà comment un moine contemple les sept sujets.

Et comment un moine est-il attentif aux quatre choses ?

Comme ceci : un moine observe le corps intérieurement et, rejetant les afflictions, il arrête la pensée qui s'attache au corps.

De nouveau, il observe le corps extérieurement et il arrête la pensée qui s'attache au corps.

Il observe le corps intérieurement et extérieurement et il arrête la pensée qui s'attache au corps.

Il observe les sensations intérieurement et il arrête la pensée qui s'attache aux sensations.

Il observe les sensations extérieurement et il arrête la pensée qui s'attache aux sensations.

Il observe les sensations intérieurement et extérieurement et il arrête la pensée qui s'attache aux sensations.

Il observe l'esprit intérieurement et il arrête la pensée qui s'attache à l'esprit.

Il observe l'esprit extérieurement et il arrête la pensée qui s'attache à l'esprit.

Il observe l'esprit intérieurement et extérieurement et il arrête la pensée qui s'attache à l'esprit.

Il observe les pensées intérieurement et il arrête la pensée qui s'attache aux pensées.

Il observe les pensées extérieurement et il arrête la pensée qui s'attache aux pensées.

Il observe les pensées intérieurement et extérieurement et il arrête la pensée qui s'attache aux pensées.

Voilà comment un moine possède le mérite de l'attention aux quatre choses.

De plus, moines, en possédant le mérite de la contemplation des sept sujets, ainsi que celui de l'attention aux quatre choses, en ce moment même, il est appelé un homme supérieur.

C'est pourquoi, moines, il vous faut chercher le moyen de comprendre parfaitement le mérite de la contemplation des sept sujets et celui de l'attention aux quatre choses.

Voilà, moines, ce qu'il vous faut savoir. »

Alors les moines, ayant entendu ce que le Bouddha avait enseigné, le reçurent avec joie et le mirent en pratique.

6

Les Demeures de Brahmâ

*Les quatre pensées illimitées de l'amour (*maitrî*), de la compassion (*karunâ*), de la joie (*muditâ*) et de l'équanimité (*upeksha*) sont appelées « Demeures de Brahmâ » (*Brahmâ-Vihâra*). Le discours de l'*Ekottarâgamasûtra *(T. II, 125, 29, 10, p. 658 c) qui suit nous explique pourquoi : c'est le propre du Grand Brahmâ d'embrasser avec ces pensées de bienveillance le Grand Univers (mille mondes). En conséquence, les membres des quatre assemblées (moines, nonnes, laïcs des deux sexes) qui pratiquent ces pensées se détachent de ce monde charnel du Désir et vont renaître dans les « Demeures de Brahmâ ».*

Entendu tel quel.

Une fois, le Bouddha demeurait à *Śrâvastî*, au bosquet de *Jeta*, dans le jardin d'*Anâthapindada*.

Alors l'Honoré du Monde dit aux moines :

« Il y a quatre pensées illimitées.

Quelles sont ces quatre ?

L'amour, la compassion, la joie et l'équanimité.

Pourquoi les appelle-t-on " Demeures de Brahmâ " ?

Moines ! il vous faut savoir que Celui qu'on appelle Grand Brahmâ, mille Brahmâs ne peuvent L'égaler. N'étant pas surpassé, Il contrôle mille mondes. C'est pourquoi son palais est appelé " Demeures de Brahmâ ".

Moines, celui qui excelle en ces quatre " Demeures de Brahmâ " est capable de contempler ces mille mondes. C'est pourquoi on les appelle " Demeures de Brahmâ ".

C'est pourquoi, moines, s'il y a des moines [ou d'autres]

qui désirent échapper aux cieux du monde charnel du Désir et demeurer dans les terres de l'Absence de Désir, il faut que cette assemblée en quatre sections cherche le moyen de réaliser ces quatre " Demeures de Brahmâ ".

Voilà, moines, ce qu'il vous faut savoir. »

Alors les moines, ayant entendu ce que le Bouddha avait enseigné, le reçurent avec joie et le mirent en pratique.

7
Le commandement de l'amour

*Si la pratique des pensées illimitées, et en particulier celle de l'amour bienveillant, fait renaître au-delà de ce monde charnel du Désir, c'est normal que Mâra, le Roi du Sixième Ciel et le Prince de ce monde, en soit profondément irrité. Le texte de l'*Ekottarâgamasûtra *(T. II, 125, 12, 2, p. 569 b) que nous allons lire va nous le rappeler et nous inviter en même temps à pratiquer résolument l'amour de bienveillance, non seulement en pensée, mais aussi en parole et en acte.*

Entendu tel quel.
Une fois, le Bouddha demeurait à *Śrâvastî*, au bosquet de *Jeta*, dans le jardin d'*Anâthapindada*.
Alors l'Honoré du Monde dit aux moines :
« Je ne vois rien ici qui soit plus détesté par Mâra le Destructeur que la pratique de Brahmâ.
C'est pourquoi, moines, il vous faut pratiquer l'amour avec patience : avec le corps, pratiquez l'amour ; avec la parole, pratiquez l'amour ; avec l'esprit, pratiquez l'amour.
Voilà, moines, ce qu'il vous faut savoir. »
Alors les moines, ayant entendu ce que le Bouddha avait enseigné, le reçurent avec joie et le mirent en pratique.

8

Les onze bienfaits découlant de l'amour

*La pratique de l'amour bienveillant est source de nombreux bienfaits. Le soûtra qui suit, emprunté à l'*Ekottarâgamasûtra *(T. II, 125, 49, 10, p. 806 a-b), énumère dix avantages dont bénéficient en cette vie même ceux qui pratiquent l'amour bienveillant, la renaissance dans le monde de Brahmâ après la mort constituant un onzième bienfait. Les stances incorporées au texte ajoutent que ceux qui pratiquent l'amour universel atteindront rapidement la Délivrance.*

Entendu tel quel.

Une fois, le Bouddha demeurait à *Śrâvastî*, au bosquet de *Jeta*, dans le jardin d'*Anâthapindada*.

Alors l'Honoré du Monde dit aux moines :

« S'il y a des êtres vivants qui cultivent la Délivrance par la pensée de l'amour, répandant largement cette excellente chose et secourant autrui par un enseignement étendu, ils obtiendront ces onze fruits et rétributions.

Quels sont ces onze ?

Ils dormiront paisiblement ;
ils se réveilleront paisiblement ;
ils ne feront pas de mauvais rêves ;
les dieux les protégeront ;
les humains les chériront ;
ils ne seront pas empoisonnés
ni frappés par les armes ;
ce n'est ni par l'eau,

ni par le feu,
ni par les brigands que la mort les investira ;
quand leur corps périra, à la fin de leur vie, c'est dans le ciel de Brahmâ qu'ils iront renaître.

Tels sont, moines, les onze avantages qu'obtiennent ceux qui sont capables de pratiquer la pensée de l'amour. »

Alors l'Honoré du Monde récita ces stances :

> Si quelqu'un pratique la pensée de l'amour
> Et ne s'abandonne pas aux pratiques licencieuses ;
> S'il coupe les liens des passions
> Et tourne son regard vers la Voie,
>
> Du fait qu'il a été capable de pratiquer cet amour,
> Il renaîtra dans le ciel de Brahmâ.
> Il obtiendra rapidement la Délivrance
> Et à jamais gagnera le Domaine de l'Inconditionné.
>
> S'il ne tue pas ni ne pense à nuire,
> S'il ne cherche pas à se faire valoir en humiliant autrui,
> S'il pratique l'amour universel,
> A la mort, il n'aura pas de pensée de haine.

C'est pourquoi, moines, il vous faut trouver le moyen de pratiquer la pensée de l'amour et de répandre cette chose excellente.

Voilà, moines, ce qu'il vous faut savoir. »

Alors les moines, ayant entendu ce que le Bouddha avait enseigné, le reçurent avec joie et le mirent en pratique.

9

L'amour compatissant du bodhisattva

Terminons ce chapitre par un Jâtaka. Puisé dans le trésor du « Soûtra rassemblant les six perfections » (T. III, 152, 47, p. 27 b-c), il nous raconte comment le futur Bouddha, alors qu'il était né en ce monde comme un grand singe, sauva un voyageur tombé dans un ravin, mais ne reçut de lui en retour qu'ingratitude et sévices. Le bodhisattva ne fit pas se lever des pensées de haine, mais seulement celle de l'amour.

Le texte fait allusion au moine Devadatta *qui, jaloux du Bouddha son cousin, chercha à lui nuire de mille façons sans que le Maître ne se départît jamais de son amour bienveillant à son égard.*

Autrefois, le bodhisattva avait pris corps dans un grand singe.

Par sa force, il égalait presque les humains, mais, par son savoir-faire, il les dépassait. Ayant toujours eu dans son cœur l'amour universel, il venait en aide à tous les êtres.

Il avait sa demeure au fond de la montagne et cueillait des fruits en grimpant aux arbres.

Voici qu'alors, dans un ravin de la montagne, un homme était tombé, sans ressources. Incapable de s'en sortir par lui-même, il comptait les jours et se lamentait. Il criait vers le ciel et réclamait des vivres.

Le grand singe l'entendit et en eut pitié.

Ému de compassion, il versa des torrents de larmes et se dit :

« J'ai promis de tendre à devenir bouddha, afin seulement d'ouvrir un passage à tous les êtres ! et maintenant, je ne ferais pas échapper cet homme à cette mort affreuse et inévitable ? Il me faut gagner le rebord, descendre dans le ravin et l'en sortir en le portant sur mon dos. »

Pénétrant dans le ravin obscur, il se dirigea vers l'homme. Il le mit sur son dos et l'amena sur l'herbe ; dans la montagne, il le déposa sur un terrain plat.

Par des signes, il dit à ce voyageur :

« Toi, reste là. Me tenant à l'écart, j'aurai soin de ne pas te faire de mal. »

Comme cet homme était à bout de force, il le protégea durant son repos.

L'homme se dit :

« Quand j'étais dans le ravin, je manquais de tout. Maintenant que j'en suis sorti, c'est pareil. En quoi est-ce différent ? »

Et il pensa dans son cœur :

« Il me faut tuer ce grand singe et le manger, car en secourant ma vie, il n'en a pas fait assez. »

Alors, de la main droite, il le frappa à la tête et son sang jaillit jusqu'au sol.

Le singe sortit de son repos épouvanté : avec une pirouette, il grimpa dans les arbres. Mais son cœur n'eut pas de pensée de haine : il n'avait que de l'amour et de la compassion pour cet homme qui lui voulait du mal.

Réfléchissant en lui-même, il dit :

« Par ma propre force, je n'ai pas pu sauver cet homme : puisse-t-il toujours, à l'avenir, rencontrer des Bouddhas, recevoir avec foi l'enseignement de la Voie et, en la mettant en pratique, obtenir le salut ! [Quant à moi,] vie après vie, je n'aurai pas de pensées mauvaises comme cet homme. »

Le Bouddha dit aux moines :

« Eh bien ! le grand singe, c'était moi ! et l'homme du ravin, c'était *Devadatta !* »

Telle fut l'endurance de la Loi du bodhisattva, la perfection de la patience pratiquée sans limites !

VII

Le souvenir du Bouddha

1

Les dix souvenirs

*Au début du chapitre consacré à la Moralité, nous avons donné un soûtra énumérant successivement les dix actes défavorables, les dix actes favorables et dix exercices appelés « souvenirs ». Ces derniers font spécialement l'objet du discours de l'*Ekottarâgamasûtra *(T. II, 125, 16, 5, p. 780 c) qui suit. Tandis que le premier texte se contentait d'affirmer que la pratique des dix souvenirs conduit au* Nirvâna, *le second développe cette idée en proclamant que ces exercices coupent les attachements qui nous lient aux trois mondes*[24] *ainsi que les trois derniers liens de l'orgueil, de l'arrogance et de l'ignorance.*

Entendu tel quel.
Une fois, le Bouddha demeurait à *Śrâvastî*, au bosquet de *Jeta*, dans le jardin d'*Anâthapindada*.
Alors l'Honoré du Monde dit aux moines :
« Il y a dix souvenirs qui, pratiqués ensemble ou séparément, détruisent l'attachement au [Monde charnel du] Désir, l'attachement au [Monde subtil de] la Forme, l'attachement au [Monde spirituel du] Sans-Forme, ainsi que l'orgueil, l'arrogance et l'ignorance.
Quels sont ces dix ?
Le souvenir du Bouddha, le souvenir de la Loi, le

---

24. Selon la conception bouddhique, chaque univers se compose de trois mondes : celui du Désir, qui englobe le support matériel, les mauvaises destinées, celle des humains et six cieux ; celui de la Forme, qui rassemble seize ou dix-sept cieux répartis en quatre plans, et celui du Sans-Forme, qui comprend quatre états purement spirituels.

souvenir de la Communauté des moines, le souvenir de la moralité, le souvenir du don, le souvenir des dieux, l'attention à la respiration, le souvenir de la paix, le souvenir du corps, le souvenir de la mort.

Vous, les moines, et tout ce qu'il y a d'êtres vivants, si vous pratiquez ces dix souvenirs, vous détruirez l'attachement au [Monde charnel du] Désir, l'attachement au [Monde subtil de] la Forme, l'attachement au [Monde spirituel du] Sans-Forme, ainsi que l'ignorance, l'orgueil et l'arrogance : tous seront complètement détruits.

Voilà, moines, ce qu'il vous faut savoir. »

Alors les moines, ayant entendu ce que le Bouddha avait enseigné, le reçurent avec joie et le mirent en pratique.

2

Les six souvenirs

La série des dix souvenirs n'est pas homogène et elle semble avoir été constituée pour faire pendant aux séries des actes favorables et défavorables. Habituellement, les textes préconisent plutôt six souvenirs, qui sont les premiers de la série des dix.

Voici un soûtra du Samyuktâgamasûtra *(T. II, 99, 554, p. 145 a-c) qui prédit à un laïc malade, possédant la foi inébranlable dans les Trois Joyaux et les cinq règles, que s'il cultive les six souvenirs, il obtiendra le troisième fruit et n'aura plus à revenir en ce monde.*

Ainsi ai-je entendu.

Une fois, le Bouddha demeurait à *Śrâvastî*, au bosquet de *Jeta*, dans le jardin d'*Anâthapindada*.

En ce temps-là, le Vénérable *Mahâ-Kâtyâyana* demeurait au village de *Hari*, du clan des *Śâkya*.

Or, Monsieur le chef du village de *Hari* souffrait de maladie en son corps.

Le Vénérable *Mahâ-Kâtyâyana* apprit que le chef du village de *Hari* souffrait de maladie en son corps. L'ayant appris, il mit son vêtement de bon matin, prit son bol et entra dans le village de *Hari* afin d'y mendier sa nourriture. En tournée, il pénétra dans la maison de Monsieur le chef du village de *Hari*. Le chef du village de Hari vit de loin le Vénérable *Mahâ-Kâtyâyana* et, comme il était assis, il voulut se lever. Le Vénérable *Mahâ-Kâtyâyana* vit que ce monsieur voulait se lever et il lui dit : « Ne te lève pas ! il y a assez d'autres sièges, je puis bien m'asseoir sur un autre siège ! »

Et il dit au monsieur :

« Monsieur, comment supportes-tu la maladie ? N'est-ce pas : quand le corps souffre de maladie, tantôt cela empire, tantôt cela s'améliore ? »

Le monsieur répondit :

« Vénérable ! La maladie est pénible à supporter : quand le corps souffre de maladie, tantôt cela empire, tantôt cela s'améliore ! »

Et il se mit à citer la triple comparaison de l'antique ouvrage du moine *Kshama*.

Le Vénérable *Mahâ-Kâtyâyana* dit au monsieur :

« A cause de cela, il te faut cultiver la foi inébranlable dans le Bouddha, la foi inébranlable dans la Loi, la foi inébranlable dans la Communauté et observer les saintes règles. Voilà ce qu'il te faut savoir. »

Le monsieur répondit :

« Ces quatre fois inébranlables enseignées par le Bouddha, je les réalise toutes. Je réalise maintenant la foi inébranlable dans le Bouddha, la foi inébranlable dans la Loi, la foi inébranlable dans la Communauté et j'observe les saintes règles. »

Le Vénérable *Mahâ-Kâtyâyana* dit au monsieur :

« En t'appuyant sur ces quatre fois inébranlables, il te faut cultiver six souvenirs.

Monsieur, souviens-toi des qualités du Bouddha[25]. " Ce Réalisé est un Saint, un Tout-Illuminé, Doué de savoir et de conduite, Bienvenu, Connaisseur du Monde, Insurpassable Guide des hommes à éduquer, Instructeur des dieux et des hommes, un Bouddha, un Bienheureux. "

Souviens-toi des qualités de la Loi : " La Loi-Discipline a été correctement [enseignée] par l'Honoré du Monde ; quand la Loi paraît, elle écarte les passions brûlantes, elle

---

25. Le souvenir du Bouddha n'implique pas une dévotion à une personne, mais plutôt la contemplation des qualités propres à un Bouddha. La formule utilisée peut s'appliquer à n'importe quel Bouddha, terrestre ou imaginaire, car tous révèlent l'unique idéal de la Perfection. Les formules des six souvenirs présentent des variantes d'un texte à l'autre.

n'a pas d'heure et transcende le temps ; le Sage a un lien intime avec elle. "

Souviens-toi des qualités de la Communauté : " Ils sont bien orientés, orientés correctement, orientés selon la vérité ; ils pratiquent comme il convient, nommément : ceux qui aspirent à entrer dans le courant et ceux qui ont obtenu d'entrer dans le courant ; ceux qui aspirent à n'avoir plus à revenir qu'une fois et ceux qui ont obtenu de n'avoir plus à revenir qu'une fois ; ceux qui aspirent à n'avoir plus à revenir et ceux qui ont obtenu de n'avoir plus à revenir ; ceux qui aspirent à être des Saints et ceux qui ont obtenu d'être des Saints, soit les quatre paires et les huit Nobles Êtres. Voilà ce qu'on appelle la Communauté des Disciples de l'Honoré du Monde : elle est ornée de la moralité, du recueillement, de la sagesse, de la Délivrance et de la connaissance de la Délivrance, digne d'être honorée par des offrandes, objet de grande vénération et suprême champ de mérite pour le monde. "

Souviens-toi des qualités des règles : " Je tiens les bonnes règles, les règles sans failles, sans fêlures, sans brisures, sans corruptions, [à savoir :] la règle de ne pas voler et les autres règles, les règles qui sont louables, les règles d'une conduite pure, les règles qui ne sont pas blâmables. "

Souviens-toi des qualités du don : " Je pense au don : mon cœur se réjouit en abandonnant la cupidité ; bien que je demeure dans ma maison, je fais des dons qui libèrent le cœur ; constamment je donne, avec joie je donne, sans faire de discriminations je donne. "

Souviens-toi des qualités des dieux : " Je pense que les dieux des Quatre Rois, les dieux Trente-Trois, les dieux Brillants, les dieux Satisfaits, les dieux qui contrôlent leurs propres créations, les dieux qui jouissent des créations d'autrui sont nés après leur mort en de tels cieux à cause d'une foi pure et des règles ; ce sera pareil pour moi : à cause d'une foi pure, des règles, du don, de l'audition [de la Loi] et de la sagesse, je renaîtrai dans de tels cieux. "

Monsieur, c'est ainsi qu'en sachant t'appuyer sur les quatre fois inébranlables, tu dois progresser dans les six objets de souvenir. »

Le monsieur dit au Vénérable *Mahâ-Kâtyâyana* :

« L'Honoré du Monde enseigne à s'appuyer sur les quatre fois inébranlables et à progresser dans les six objets de souvenir. Comprenant cela complètement, je vais cultiver le souvenir des qualités du Bouddha, le souvenir de la Loi, le souvenir de la Communauté, le souvenir des règles, le souvenir du don et le souvenir des dieux. »

Le Vénérable *Mahâ-Kâtyâyana* dit au monsieur :

« C'est bien, monsieur ! je suis en mesure de te donner cette prédiction : tu obtiendras de n'avoir plus à revenir ! »

Alors le monsieur dit au Vénérable *Mahâ-Kâtyâyana* :

« Veuille accepter ce repas. »

Le Vénérable *Mahâ-Kâtyâyana* accepta l'invitation par son silence. Le chef du village de *Hari,* sachant que le Vénérable *Mahâ-Kâtyâyana* avait accepté son invitation, prépara des mets délicieux et purs, et il les lui offrit de ses propres mains.

A la fin du repas, quand il eut lavé son bol et se fut rincé la bouche, [le Vénérable *Mahâ-Kâtyâyana*] enseigna au monsieur toutes sortes de choses, puis il lui exprima sa joie.

Quand il lui eut exprimé sa joie, il se leva de son siège et s'en alla.

3

Le « Nirvâna »
grâce aux six souvenirs

Le texte que nous venons de lire promet aux laïcs pratiquant les six souvenirs d'atteindre l'état où l'on n'a plus à revenir en ce monde, le Nirvâna *étant obtenu après la mort, dans des plans supérieurs d'existence. Le texte que nous proposons maintenant va plus loin, puisqu'il promet aux moines pratiquant les mêmes exercices de parvenir au dernier fruit, celui de la Sainteté, en cette vie même. Ce soûtra figure dans le* Samyuktâgamasûtra *chinois (T. II, 99, 931, p. 237 c-238 b).*

Ainsi ai-je entendu.
Une fois, le Bouddha demeurait à *Kapilavastu*, dans la forêt des banians.
Alors, le *Sâkya Mahânaman* se rendit là où se trouvait le Bouddha. Inclinant la tête, il rendit hommage à ses pieds, puis, se reculant, il s'assit sur un côté.
Il dit au Bouddha :
« Honoré du Monde ! tant qu'un moine demeure au stade d'étudiant, il souhaite obtenir ce qu'il n'a pas encore obtenu et progresser en s'élevant sur le chemin du Repos et du *Nirvâna*.
Honoré du Monde ! celui-ci, comment doit-il s'exercer ? en combien de pratiques doit-il demeurer pour qu'en cette Loi-et-Discipline, il obtienne l'épuisement des afflictions, puis, son cœur étant sans afflictions, la Délivrance et la connaissance de la Délivrance ? par la présence de quelles qualités sait-il qu'il a atteint la Réalisation [et peut dire] :

" Étant né, j'ai atteint l'épuisement ; grâce à une conduite pure, c'est terminé ; ce qui était à faire est fait ; je sais que pour moi, il n'y aura plus de nouvelle existence " ? »

Le Bouddha dit à *Mahânâman* :

« Tant qu'un moine demeure au stade d'étudiant, il souhaite obtenir ce qu'il n'a pas encore obtenu et progresser en s'élevant sur le chemin du Repos et du *Nirvâna*.

Celui-ci doit alors cultiver six souvenirs jusqu'à ce qu'il obtienne le *Nirvâna*.

C'est comme un homme affamé : son corps maigrit et dépérit, mais s'il obtient une nourriture au goût agréable, son corps devient gras et prospère. Ainsi en est-il de ce moine qui, demeurant au stade d'étudiant, souhaite obtenir ce qu'il n'a pas encore obtenu et progresser en s'élevant vers le Repos et le Nirvâna, c'est en conséquence de ces six souvenirs qu'il obtient rapidement le Repos et le *Nirvâna*.

Quels sont ces six souvenirs ?

Le Noble Disciple pense aux qualités du Réalisé : " C'est un Réalisé, un saint, un Tout-Illuminé, Doué de savoir et de pratique, Bienvenu, Connaisseur du Monde, Insurpassable Maître des hommes à éduquer, Instructeur des dieux et des hommes, un Bouddha, un Bienheureux. "

Quand le Noble Disciple pense ainsi, il ne fait plus se lever de désirs possessifs, il ne fait plus se lever des pensées de haine ou de sottise.

Son cœur est droit ; obtenant la rectitude du Réalisé, il obtient la Bonne Loi du Réalisé ; étant dans la Bonne Loi du Réalisé, il a la pensée de contentement qu'a obtenue le Réalisé ; ayant cette pensée de contentement, il a un corps apaisé ; ayant un corps apaisé, il éprouve du bonheur ; éprouvant du bonheur, il a un esprit concentré ; ayant un esprit concentré, ce Noble Disciple, au milieu des êtres vivants cruels et dangereux, demeure sans fautes ni entraves et, pénétrant dans le courant de la Loi, il parvient au *Nirvâna*.

De nouveau ensuite, le Noble Disciple pense aux qualités de la Loi : " La Loi-et-Discipline a été bien montrée par le Bienheureux ; elle est capable d'enlever les brûlures de la Naissance et de la Mort, cela sans attendre, au-delà des limites du temps ; c'est une Loi remarquable, que le Sage vérifie en lui-même. "

Quand le Noble Disciple pense ainsi à la Loi, il ne fait plus se lever de désirs possessifs, de la haine ou de la sottise, jusqu'à ce qu'il arrive à la coloration qui résulte du souvenir de la Loi et parvienne au *Nirvâna*.

Et de nouveau ensuite, le Noble Disciple pense aux qualités de la Communauté : " Les Disciples du Bienheureux sont bien orientés, orientés correctement, orientés justement, orientés selon la vérité : ils suivent la Loi et sont en accord avec elle. Ce sont : ceux qui tendent à entrer dans le courant et ceux qui sont entrés dans le courant ; ceux qui tendent à n'avoir plus à revenir qu'une fois et ceux qui n'ont plus à revenir qu'une fois ; ceux qui tendent à n'avoir plus à revenir et ceux qui n'ont plus à revenir ; ceux qui tendent à devenir des Saints et ceux qui sont devenus des Saints. Ces quatre paires et ces huit sortes de Nobles et Saints Êtres, les voilà ceux qu'on appelle les Disciples du Bienheureux, la Communauté dotée de moralité pure, dotée de recueillement, dotée de sagesse, dotée de la Délivrance, dotée de la Connaissance de la Délivrance, digne d'être honorée et reconnue, de recevoir des offrandes et des hommages, un champ de mérite pour les gens de bien. "

Quand le Noble Disciple pense ainsi à la Communauté, il ne fait plus se lever de désirs possessifs, de la haine ou de la sottise, jusqu'à ce qu'il arrive à la coloration qui résulte du souvenir de la Communauté et parvienne au *Nirvâna*.

Et de nouveau ensuite, le Noble Disciple pense à la Moralité pure : " C'est une moralité sans faille, une moralité sans brisure, une moralité sans souillure, une moralité sans confusion, une moralité de bon secours, une moralité propagée par les sages, une moralité qui n'est pas occultée par les sages. "

Quand le Noble Disciple pense ainsi à la Moralité, il ne fait plus se lever de désirs possessifs, de la haine ou de la sottise, jusqu'à ce qu'il arrive à la coloration qui résulte du souvenir de la Moralité et parvienne au *Nirvâna*.

Et de nouveau ensuite, le Noble Disciple pense aux qualités du Don : " J'ai obtenu de grands avantages : au milieu des êtres embourbés dans les désirs, j'ai obtenu d'être libéré de la boue des désirs ; étant sans demeure, je pratique le Don qui délivre ; constamment ma main donne et je me réjouis de faire des dons qui sont doués de la qualité de l'abandon. "

Quand le Noble Disciple pense ainsi au Don, il ne fait plus se lever de désirs possessifs, de la haine ou de la sottise, jusqu'à ce qu'il arrive à la coloration qui résulte du souvenir du Don et parvienne au *Nirvâna*.

Et de nouveau ensuite, le Noble Disciple pense aux qualités des dieux : " Il y a le Ciel des Quatre Grands Rois, le Ciel des Trente-Trois, le Ciel des Brillants, le Ciel des Satisfaits, le Ciel où l'on contrôle ses propres créations et le Ciel où l'on jouit des créations d'autrui. Parce qu'ils ont possédé une foi correcte, à leur mort, ceux-ci sont nés dans les cieux. Moi aussi, je dois cultiver une foi correcte. Parce qu'ils ont obtenu une moralité pure, le don et la sagesse de l'abandon, à leur mort, ils sont nés dans les cieux. Moi aussi, je dois cultiver une moralité pure, le don et la sagesse de l'abandon. "

Quand le Noble Disciple pense ainsi aux dieux, il ne fait plus se lever de désirs possessifs, de la haine ou de la sottise. Son cœur étant droit, il a des affinités avec ces dieux.

Ayant ainsi un cœur droit, ce Noble Disciple obtient le gain de la Loi profonde, il obtient le gain du Sens profond, il obtient la satisfaction et le contentement de ces dieux ; ayant ce contentement, il est dans la joie ; étant dans la joie, il a un corps paisible ; ayant un corps paisible, il éprouve du bonheur ; éprouvant du bonheur, il a un esprit concentré ; ayant un esprit concentré, ce Noble Disciple, au milieu des êtres cruels et dangereux, demeure sans fautes ni entraves et, pénétrant dans le courant de la Loi, à cause de la coloration qui découle du souvenir des dieux, il parvient au *Nirvâna*.

Mahânâman ! tant qu'un moine demeure au stade d'étudiant, il souhaite s'élever jusqu'au Bonheur paisible et au *Nirvâna*.

C'est en pratiquant beaucoup de la sorte qu'il obtient rapidement le *Nirvâna*.

Dans la Bonne Loi-et-Discipline, il épuise rapidement les afflictions, puis, son cœur étant sans afflictions, il obtient la Délivrance et la connaissance de la Délivrance.

En son existence actuelle, il sait qu'il a atteint la Réalisation [et peut dire] : " Étant né, j'ai atteint l'épuisement ; grâce à une conduite pure, c'est terminé ; ce qui était à faire est fait ; je sais que pour moi, il n'y aura plus de nouvelle existence. " »

Quand le *Sâkya Mahânâman* eut entendu ce que le Bouddha avait enseigné, il fut rempli de joie et de contentement. S'étant levé de son siège, il rendit hommage et se retira.

4

Le souvenir remplace la présence

On peut trouver dans le Samyuktâgamasûtra *plusieurs autres textes recommandant la pratique des six souvenirs : en voici un (T. II, 99, 858, p. 218 b-c) qui suggère que ceux-ci sont particulièrement indiqués pour les laïcs à une époque où le Bouddha n'est plus visible, en un lieu d'où la Communauté des moines est absente.*

Ainsi ai-je entendu.
Une fois, le Bouddha demeurait à *Śrâvastî*, au bosquet de *Jeta,* dans le jardin d'*Anâthapindada.* C'était avant la fin des trois mois de la retraite.

A ce moment-là, le *Śâkya Nanda* apprit que le Bouddha demeurait à *Śrâvastî*, au bosquet de *Jeta,* dans le jardin d'*Anâthapindada* et que c'était avant la fin des trois mois de la retraite.

Ayant appris cela, il fit cette réflexion :
« Je vais aller vers lui ; encore une fois, j'irai vers lui et je lui ferai l'offrande de beaucoup de choses. »
Et il fit des offrandes au Bouddha et à la Communauté des moines.

Mais bientôt arriva la fin des trois mois. Alors, beaucoup de moines se réunirent au réfectoire, car le Bouddha cousait son vêtement. Ils disaient :
« Le Réalisé ne va pas tarder à terminer son vêtement : il s'en vêtira, prendra son bol et s'en ira parmi les hommes. »

Alors, le *Śâkya Nanda* apprit que beaucoup de moines s'étaient réunis au réfectoire et qu'ils disaient : « Le Réalisé ne va pas tarder à terminer son vêtement : il s'en vêtira, prendra son bol et s'en ira parmi les hommes. »

Ayant appris cela, [*Nanda*] se rendit auprès du Bouddha. Inclinant la tête, il rendit hommage à ses pieds, puis, se reculant, il s'assit sur un côté et dit au Bouddha :

« Honoré du Monde ! Maintenant, mes quatre membres sont [comme] éparpillés dans les quatre directions et leur maintien est négligé ; auparavant, j'ai entendu la Loi, mais, maintenant, je l'oublie totalement, car j'ai appris que l'Honoré du Monde allait se rendre parmi les hommes. Quand pourrais-je revoir l'Honoré du Monde et mes amis les moines ? »

Le Bouddha dit à *Nanda :*

« Que tu voies le Bouddha ou ne le voies pas, que tu voies tes amis les moines ou ne les voies pas, tu dois par la suite cultiver six souvenirs.

Quels sont ces six ?

Tu dois te souvenir des qualités du Bouddha, de la Loi et de la Communauté, ainsi que des règles que tu as acceptées et du don que tu pratiques ; souviens-toi aussi des dieux. »

Quand le Bouddha eut fini d'exposer ce soûtra, le *Śâkya Nanda,* ayant entendu ce que le Bouddha avait enseigné, se réjouit de la joie qui en découle. Il fit la révérence et se retira.

5

Le souvenir du Bienheureux

Chacun des dix souvenirs produit des fruits abondants et conduit à la Délivrance, même s'il est pratiqué isolément. C'est ce que proclament les deux premières dizaines de textes conservés dans l'Ekottarâgamasûtra (ch. 2 et 3). Voici le tout premier soûtra de ce recueil (T. II, 125, 2, 1, p. 552 c), consacré au souvenir du Bouddha.

Entendu tel quel.

Une fois, le Bouddha demeurait à *Śrâvastî*, au bosquet de *Jeta*, dans le jardin d'*Anâthapindada*.

Alors l'Honoré du Monde dit aux moines :

« Il y a quelque chose qu'il vous faut pratiquer, quelque chose qu'il vous faut répandre. Grâce à cela, on réalise les divins pouvoirs, on élimine quantité de pensées désordonnées, on cueille les fruits de la vie religieuse et l'on parvient au *Nirvâna*.

De quoi s'agit-il ?

Du souvenir du Bouddha.

Il vous faut le pratiquer, il vous faut le répandre. Grâce à lui, on réalise les divins pouvoirs, on élimine quantité de pensées désordonnées, on cueille les fruits de la vie religieuse et l'on parvient au *Nirvâna*. C'est pourquoi, moines, il vous faut le pratiquer, il vous faut le répandre.

Voilà, moines, ce qu'il vous faut savoir. »

Alors les moines, ayant entendu ce que le Bouddha avait enseigné, le reçurent avec joie et le mirent en pratique.

6

Méditation sur le Bouddha

Au tout début, semble-t-il, on pratiqua le souvenir du Bouddha en récitant la formule des dix titres et en se concentrant sur elle : « Lui, c'est un Réalisé, un Saint, un Tout-Illuminé, Doué de savoir et de pratique, Bienvenu, Connaisseur du Monde, Insurpassable Maître des hommes à éduquer, Instructeur des dieux et des hommes, un Bouddha, un Bienheureux. »

*Bientôt cependant, on éprouva le besoin d'une méditation moins abstraite et l'on mit au point une méthode plus développée ayant pour point d'appui la forme corporelle du Maître. Voici celle que propose un texte de l'*Ekottarâgama-sûtra *(T. II, 125, 3, 1, p. 554 a-b). On remarquera que ce texte n'est qu'un développement du précédent : le chapitre qu'il commence est d'ailleurs intitulé : « Les exercices élargis ».*

Entendu tel quel.
Une fois, le Bouddha demeurait à *Śrâvastî*, au bosquet de *Jeta*, dans le jardin d'*Anâthapindada*.
Alors l'Honoré du Monde dit aux moines :
« Il y a quelque chose qu'il vous faut pratiquer, quelque chose qu'il vous faut largement répandre. Si l'on cultive cela, on possède la renommée, on réalise de grands fruits et rétributions, des bienfaits arrivent de tous côtés, on obtient la saveur d'une douce rosée et l'on arrive à la demeure de l'Inconditionné ; [ainsi] on réalise les divins pouvoirs, on écarte quantité de pensées désordonnées, on cueille les fruits de la vie religieuse et l'on parvient au *Nirvâna*.

De quoi s'agit-il ?
Du souvenir du Bouddha. »
Le Bouddha dit aux moines :
« Comment cultiver le souvenir du Bouddha afin que l'on possède la renommée, qu'on réalise de grands fruits et rétributions, que des bienfaits arrivent de tous côtés, que l'on obtienne la saveur d'une douce rosée et que l'on arrive à la demeure de l'Inconditionné ; afin qu'on réalise aussi les divins pouvoirs, que l'on écarte les pensées désordonnées, que l'on cueille les fruits de la vie religieuse et que l'on parvienne au *Nirvâna* ? »
Alors les moines dirent au Bouddha :
« La base des méthodes, c'est ce que le Réalisé enseigne ! Daigne seulement l'Honoré du Monde enseigner, à l'intention des moines, le sens merveilleux de ceci, et les moines, ayant entendu le Réalisé, le recevront aussitôt et le retiendront ! »
Alors l'Honoré du Monde dit aux moines :
« Faites attention, faites attention ! Réfléchissez bien ! Je vais vous exposer cela en détail. »
Ils répondirent :
« D'accord, Honoré du Monde ! les moines sont prêts à recevoir ton enseignement. »
L'Honoré du Monde dit :
« Soit un moine : avec le corps droit et une intention correcte, il s'assied, les jambes étroitement croisées, et sa pensée se maintient devant lui ; sans avoir d'autres pensées, il choisit de penser uniquement au Bouddha.
Il contemple la forme du Réalisé et n'en détourne plus les yeux. Tandis qu'il n'en détourne plus les yeux, il pense aux qualités du Réalisé :
" Le corps du Réalisé est devenu de diamant : il est muni complètement des dix forces.
Au moyen des quatre absences de crainte, il fait demeurer les multitudes dans la sécurité.
La forme du visage du Réalisé est parfaite, sans égale : on ne se lasse pas de la regarder.
Sa moralité est parfaite ; elle ressemble au diamant et ne peut être brisée.
Sa pureté est sans défaut et ressemble au lapis-lazuli.

Le recueillement du Réalisé est éternel, car il demeure dans une paix constante et n'a pas d'autre pensée.

L'arrogance, l'orgueil, la violence et toutes les passions sont en lui pacifiées.

Les pensées de convoitise, de colère et de sottise sont en lui complètement épuisées, comme un éléphant qu'on aurait pris dans un filet.

Le corps de sagesse du Réalisé, c'est un savoir sans limites et sans obstacles.

Le corps du Réalisé, c'est la réalisation de la Délivrance, l'épuisement de toutes les destinées. "

N'ayant plus part aux renaissances, il dit : " Je ne tomberai plus dans le cycle des naissances et des morts ".

Le corps du Réalisé, c'est la cité où l'on connaît la Délivrance.

Connaissant les facultés des autres êtres, il aide au salut de ceux qui ne sont pas sauvés : " Celui-ci meurt et celui-là naît : en tournant, il revient dans les limites du cycle des naissances et des morts. "

Ceux qui sont délivrés et ceux qui ne sont pas délivrés, il les connaît tous. »

Voilà ce que veut dire cultiver le souvenir du Bouddha afin que l'on possède la renommée, qu'on réalise de grands fruits et rétributions, que des bienfaits arrivent de tous côtés, que l'on obtienne la saveur d'une douce rosée et que l'on arrive à la demeure de l'Inconditionné ; afin qu'on réalise aussi les divins pouvoirs, que l'on écarte les pensées désordonnées, que l'on cueille les fruits de la vie religieuse et que l'on parvienne au *Nirvâna*.

Voilà pourquoi, moines, il vous faut toujours y songer et ne pas écarter le souvenir du Bouddha : alors vous serez bénis avec tous ces excellents mérites.

Voilà, moines, ce qu'il vous faut savoir. »

Alors les moines, ayant entendu ce que le Bouddha avait enseigné, le reçurent avec joie et le mirent en pratique.

7

Le souvenir du Bouddha en onze pensées

*L'*Ekottarâgamasûtra *contient un discours (T. II, 125, 50, 1, p. 806 b) prononcé à* Śrâvastî *à l'intention des fils ou des filles de bien qui souhaitent rendre hommage au Bouddha : il leur est promis des mérites sans mesure s'ils suscitent en eux onze pensées en rendant cet hommage. Ce texte est malheureusement si corrompu — il ne définit que dix pensées en termes peu clairs — que nous avons préféré reproduire un document parallèle (T. II, 138, p. 861 a) donné à* Râjagriha *à l'intention des moines.*

Entendu tel quel.
Une fois, le Bienheureux demeurait à *Râjagriha*, sur le Mont Vautour. Avec lui, une grande assemblée de moines, soit deux cent cinquante moines.
Alors l'Honoré du Monde dit aux moines :
« Il vous faut vous souvenir du Réalisé au moyen de onze pensées et, grâce à ces pensées, vous produirez un cœur plein d'affection à l'égard du Réalisé.
Quelles sont ces onze pensées ?
1. Grâce aux règles, son esprit est pur.
2. Il est doté d'un maintien majestueux.
3. Ses facultés sont sans défauts.
4. Grâce à son absence de crainte, son esprit n'est jamais troublé.
5. Il possède toujours un esprit déterminé.
6. S'il éprouve de la peine ou du plaisir, il n'en est pas affecté.

Paroles du Bouddha

7. Son esprit ne s'égare jamais.
8. Il maintient toujours son attention devant lui.
9. Grâce à son recueillement, son esprit n'est jamais inactif.
10. Grâce à la sagesse, son esprit est sans mesure.
11. En regardant le Bouddha, on n'éprouve jamais de lassitude.

C'est au moyen de ces onze pensées, moines, que vous devez vous souvenir du Réalisé et, grâce à ces pensées, produire un cœur plein d'affection à l'égard du Réalisé.

Si parmi les moines, il y a un moine qui cultive le souvenir du Bouddha, ce moine, par le fait même qu'il a cultivé le souvenir du Bouddha, se trouvera dans les deux premiers fruits et il tendra au troisième ; dans sa vie actuelle, ou bien il obtiendra la Délivrance, ou bien il atteindra l'état de ceux qui, sans résidus, ne reviennent plus [en ce monde]. »

Alors les moines, ayant entendu ce que le Bouddha avait enseigné, le reçurent avec joie et le mirent en pratique.

8

Deux soûtras, quatre pensées

*C'est dans le même esprit qu'ont été prononcées les deux brefs discours que voici, tirés également de l'*Ekottarâgama-sûtra *(T. II, 125, 15, 7 et 9, p. 577 c-578 a).*

1) Entendu tel quel.
Une fois, le Bouddha demeurait à *Śrâvastî*, au bosquet de *Jeta*, dans le jardin d'*Anâthapindada*.
Alors l'Honoré du Monde dit aux moines :
« C'est en pensant intérieurement à deux sujets qu'avec un esprit unifié et exclusif vous devez rendre hommage au Réalisé.
Quels sont ces deux sujets ?
1° la Sagesse ;
2° l'Extinction.
C'est en pensant à cela intérieurement, moines, qu'avec un esprit unifié et exclusif, vous devez rendre hommage au Réalisé.
Voilà, moines, ce qu'il vous faut savoir. »
Alors les moines, ayant entendu ce que le Bouddha avait enseigné, le reçurent avec joie et le mirent en pratique.

2) Entendu tel quel.
Une fois, le Bouddha demeurait à *Śrâvastî*, au bosquet de *Jeta,* dans le jardin d'*Anâthapindada*.
Alors l'Honoré du Monde dit aux moines :
« C'est en pensant intérieurement à deux sujets qu'avec un esprit unifié et exclusif, vous devez rendre hommage à la chapelle du Réalisé.

Quels sont ces deux sujets ?

1° comparé aux humains qui sont dans le monde, le Réalisé est le premier ;

2° le Réalisé a des pensées de Grand Amour et de Grande Compassion à l'égard des êtres des dix directions.

C'est en pensant intérieurement à ces deux sujets, moines, qu'avec un esprit unifié et exclusif, vous devez rendre hommage à la chapelle du Réalisé.

Voilà, moines, ce qu'il vous faut savoir. »

Alors les moines, ayant entendu ce que le Bouddha avait enseigné, le reçurent avec joie et le mirent en pratique.

9

Les cinq mérites de l'hommage

*Les deux textes que nous venons de lire mêlaient le souvenir du Bouddha à des actes de culte adressés soit au Maître en personne, soit à un monument évoquant sa présence. Le soûtra qui suit accentue ce dernier aspect en définissant les différents actes du culte et les avantages qui découlent de leur accomplissement. C'est l'*Ekottarâgamasûtra *qui nous a conservé ce discours (T. II, 125, 12, 3, p. 674 a-b).*

Entendu tel quel.
Une fois, le Bouddha demeurait à *Śrâvastî*, au bosquet de *Jeta,* dans le jardin d'*Anâthapindada.*
Alors l'Honoré du Monde dit aux moines :
« En rendant hommage au Bouddha, on possède le mérite de cinq choses.
Quelles sont ces cinq ?
1° l'intégrité corporelle ; 2° une belle voix ; 3° beaucoup de biens et d'abondants trésors ; 4° la renaissance dans une famille honorable ; 5° lors de la dissolution du corps, à la fin de la vie, la renaissance dans une bonne demeure au haut du ciel.
Et pourquoi ?
Parce que le Réalisé est sans égal ; parce que c'est par la foi, la moralité, l'audition, la sagesse et le don que le Réalisé a rendu sa forme parfaite. A cause de cela, c'est en lui que sont rendus parfaits les cinq mérites.
De plus, c'est par quelle causalité qu'en rendant hommage au Bouddha, on obtient l'intégrité corporelle ?

Par ceci qu'en voyant la forme corporelle du Bouddha, on produit un cœur plein de joie. Voilà par quelle causalité on obtient l'intégrité corporelle.

De plus, c'est par quelle causalité que l'on obtient une belle voix ?

Par ceci qu'en voyant la forme corporelle du Réalisé, on récite trois fois : " Révérence au Réalisé, au Saint, au Tout-Illuminé ! " Voilà par quelle causalité on obtient une belle voix.

De plus, c'est par quelle causalité que l'on obtient beaucoup de biens et d'abondants trésors ?

Par ceci qu'en voyant le Réalisé, on lui fait de grands dons en dispersant des fleurs, en allumant des lampes ou en offrant encore bien d'autres choses. Voilà par quelle causalité on obtient beaucoup de biens et d'abondants trésors.

De plus, c'est par quelle causalité que l'on obtient une renaissance dans une famille honorable ?

Par ceci qu'en voyant la forme du Réalisé, on montre un cœur pur, on se prosterne en mettant le genou droit à terre et, les mains jointes, on rend hommage au Bouddha d'un cœur sincère. Voilà par quelle causalité on renaît dans une famille honorable.

De plus, c'est par quelle causalité qu'à la dissolution du corps, à la fin de la vie, on renaît dans une bonne demeure au haut du ciel ?

C'est là une loi constante avec tous les Bouddhas Réalisés : tous les êtres vivants qui rendent hommage à un Réalisé au moyen des cinq causalités, renaissent ensuite dans une bonne demeure au haut du ciel.

Voilà, moines, le mérite des cinq causalités.

C'est pourquoi, moines, s'il y a des fils de bien ou des filles de bien qui désirent rendre hommage au Bouddha, ils doivent chercher le moyen d'atteindre ces cinq mérites.

Voilà, moines, ce qu'il vous faut savoir. »

Alors les moines, ayant entendu ce que le Bouddha avait enseigné, furent remplis de joie. Ayant salué, ils s'en allèrent.

10

Celui qui écarte la convoitise et les attachements

Le texte du Samyuktâgamasûtra *que nous proposons maintenant (T. II, 99, 546, p. 141 b-c) nous montre un étudiant-brahmane éprouvant de la foi à l'égard du Bouddha en écoutant l'éloge que* Mahâ-Kâtyâyana *vient de prononcer sur son maître. Afin de manifester sa foi, l'étudiant-brahmane se tourne vers l'endroit où se trouve le Bouddha, il plie le genou droit jusqu'au sol et, joignant les mains paume contre paume, il prononce une louange commençant par ces mots :* « Révérence au Bouddha! » (Namo Buddhâya). *On a là un bel exemple de culte rendu au Bienheureux.*

Ainsi ai-je entendu.
Une fois, le Bouddha demeurait à *Śrâvastî*, au bosquet de *Jeta*, dans le jardin d'*Anâthapindada*.
Alors le Vénérable *Mahâ-Kâtyâyana* demeurait dans un bois de Varanas, juste à côté du Marais Noir.
A ce moment, il y eut l'étudiant brahmane *Ârâmadanda* qui se rendit là où se trouvait *Mahâ-Kâtyâyana*.
Quand ils se furent enquis l'un de l'autre et complimentés avec amitié, il s'assit sur un côté et interrogea *Mahâ-Kâtyâyana* en disant :
« Pour quelle raison les rois se disputent-ils ? [pour quelle raison] les brahmanes chefs de famille se disputent-ils ? »
Mahâ-Kâtyâyana répondit :

« C'est à cause de la convoitise et des attachements que les rois se disputent, que les brahmanes chefs de famille se disputent. »

L'étudiant-brahmane demanda encore :

« Pour quelle raison ceux qui sont sortis de la famille se disputent-ils ? »

Mahâ-Kâtyâyana répondit :

« C'est à cause de la convoitise et des attachements que ceux qui sont sortis de la famille se disputent. »

L'étudiant-brahmane demanda encore à *Mahâ-Kâtyâyana* :

« Y a-t-il au moins quelqu'un qui soit capable d'écarter la convoitise et les attachements, et aussi d'écarter les vues nées de la convoitise et des attachements ? »

Mahâ-Kâtyâyana répondit :

« Étudiant-brahmane ! Il y a mon Grand Maître, le Réalisé, le Saint, le Tout-Illuminé, Doué de savoir et de pratique, Bienvenu, Connaisseur du Monde, Insurpassable Maître des hommes à éduquer, Instructeur des dieux et des hommes, un Bouddha, un Bienheureux. Lui, il a été capable d'écarter cette convoitise et ces attachements ainsi que les vues nées de la convoitise et des attachements. »

L'étudiant-brahmane demanda encore :

« Le Bouddha Honoré du Monde, où demeure-t-il ? »

Il répondit :

« Le Bouddha Honoré du Monde demeure parmi les religieux, au pays de *Kosala,* dans la cité de *Śrâvastî,* au bosquet de *Jeta,* dans le jardin d'*Anâthapindada.* »

Alors l'étudiant-brahmane, s'étant levé de son siège, mit de l'ordre dans son vêtement et l'ajusta sur son épaule droite. Ayant plié le genou droit jusqu'au sol, il se tourna vers l'endroit où se trouvait le Bouddha, puis, joignant les mains, il dit cette louange :

« Révérence ! Révérence au Bouddha ! L'Honoré du Monde est un Réalisé, un Saint, un Tout-Illuminé, capable d'écarter la convoitise et les attachements. Il a complètement écarté la convoitise et les attachements ainsi que toutes les vues nées du désir : il les a purifiés jusqu'à la racine. »

Alors, l'étudiant-brahmane *Ârâmadanda,* ayant entendu ce que le Vénérable *Mahâ-Kâtyâyana* avait enseigné, fut joyeux de la joie qui en découle. S'étant levé de son siège, il s'en alla.

VIII

Louange du Bienheureux

1

Celui qui est venu pour l'apaisement de beaucoup

*Les derniers soûtras du précédent chapitre recommandaient de rendre hommage au Bouddha et considéraient cet hommage comme un développement naturel de la pratique du « souvenir du Maître ». Notre dernier chapitre reprend ce thème au moyen de courts textes de l'*Ekottarâgamasûtra, *ceux-ci étant tous composés selon un schéma identique : une sorte d'éloge du Bouddha suivi d'une invitation à la foi et à la vénération. Le premier de ces textes (T. II, 125, 8, 2, p. 561 a) énumère quatre raisons pour lesquelles un Réalisé apparaît dans le monde.*

Entendu tel quel.
Une fois, le Bouddha demeurait à *Śrâvastî*, au bosquet de *Jeta*, dans le jardin d'*Anâthapindada*.
Alors le Bouddha dit aux moines :
« Voici un homme qui apparaît dans le monde pour le bénéfice de beaucoup d'êtres, pour l'apaisement de beaucoup d'êtres, par compassion pour les multitudes qui sont dans le monde, en vue de faire obtenir aux dieux et aux hommes bonheur et soutien.
Qui est cet homme ?
C'est un Réalisé, un Saint, un Tout-Illuminé.
C'est lui cet homme qui apparaît dans le monde pour le bénéfice de beaucoup d'êtres, pour l'apaisement de beaucoup d'êtres, par compassion pour les multitudes qui sont dans le monde, en vue de faire obtenir aux dieux et aux hommes bonheur et soutien.

C'est pourquoi, moines, il vous faut toujours vénérer le Réalisé.

Voilà, moines, ce qu'il vous faut savoir. »

Alors les moines, ayant entendu ce que le Bouddha avait enseigné, le reçurent avec joie et le mirent en pratique.

2

Onze groupes de bienfaits

*Ce soûtra est une sorte d'*Ekottarâgama *en miniature, puisqu'il énumère onze groupes de bienfaits découlant de la venue d'un Réalisé dans le monde en les disposant selon une progression numérique allant de un à onze* (ekottara), *la venue même du Bienheureux constituant le premier terme (T. II, 125, 8, 3, p. 561 a).*

Entendu tel quel.

Une fois, le Bouddha demeurait à *Śrâvastî*, au bosquet de *Jeta*, dans le jardin d'*Anâthapindada*.

Alors le Bouddha dit aux moines :

« Voici un homme qui apparaît dans le monde et aussitôt demeure dans le monde Un Homme entré dans la Voie, aussitôt apparaissent dans le monde les Deux Vérités [26], les Trois Portes de la Délivrance [27], les Quatre Vérités de la Loi Correcte [28], les Cinq Facultés [29], les Six Pouvoirs [30], les Sept Membres [de l'Illumination] [31], les Huit Membres du

---

26. La Vérité transcendante qui est le *Nirvâna* en lui-même, et la Vérité de convention qui s'applique à tout ce qu'on peut dire du *Nirvâna* et du *Samsâra*.
27. Voir ch. VI, 1.
28. Voir ch. I, 2 et V, 4.
29. Voir ch. II, 1.
30. Le souvenir des vies passées, la vue à distance, l'audition à distance, la perception des pensées d'autrui, la maîtrise du corps et la connaissance de la complète destruction des souillures.
31. Voir ch. V, 9.

Chemin[32], les Neuf Demeures des êtres[33], les Dix Forces[34] du Réalisé et les Onze Délivrances du Cœur plein d'amour[35].

Qui est cet homme ?

C'est un Réalisé, un Saint, un Tout-Illuminé.

C'est lui cet homme qui apparaît dans le monde et aussitôt demeure dans le monde Un Homme entré dans la Voie, aussitôt apparaissent dans le monde les Deux Vérités, les Trois Portes de la Délivrance, les Quatre Vérités de la Loi Correcte, les Cinq Facultés, les Six Pouvoirs, les Sept Membres [de l'Illumination], les Huit Membres du Chemin, les Neuf Demeures des êtres, les Dix Forces du Réalisé et les Onze Délivrances du Cœur plein d'amour.

C'est pourquoi, moines, il vous faut toujours susciter en vous de la vénération pour le Réalisé.

Voilà, moines, ce qu'il vous faut savoir. »

Alors les moines, ayant entendu ce que le Bouddha avait enseigné, le reçurent avec joie et le mirent en pratique.

---

32. Voir ch. I, 3 et V, 12.
33. Le Monde du Désir, les quatre plans du Monde de la Forme et les quatre états du Monde du Sans-Forme.
34. Les dix Forces résultent de dix savoirs propres aux Bouddhas et leur permettant d'enseigner la Loi en l'adaptant aux capacités et inclinations des êtres.
35. Voir ch. VI, 8.

3

La lumière de la Sagesse

Le texte suivant (T. II, 125, 8, 4, p. 561 b) particulièrement bref, est simple et clair : quand un Bouddha apparaît, c'est la lumière de la Sagesse qui se met aussitôt à briller de tous ses feux.

Entendu tel quel.

Une fois, le Bouddha demeurait à *Śrâvastî*, au bosquet de *Jeta*, dans le jardin d'*Anâthapindada*.

Alors le Bouddha dit aux moines :

« Voici un homme qui apparaît dans le monde et aussitôt apparaît dans le monde la lumière de la Sagesse.

Qui est cet homme ?

C'est un Réalisé, un Saint, un Tout-Illuminé.

C'est lui cet homme qui apparaît dans le monde et aussitôt apparaît dans le monde la lumière de la Sagesse.

C'est pourquoi, moines, il vous faut avoir un cœur plein de foi à l'égard du Bouddha et ne pas pencher vers l'erreur.

Voilà, moines, ce qu'il vous faut savoir. »

Alors les moines, ayant entendu ce que le Bouddha avait enseigné, le reçurent avec joie et le mirent en pratique.

4

Dissipation de la nuit

Ce nouveau texte (T. II, 125, 8, 5, p. 561 b) compare le Bouddha au soleil qui disperse la nuit en se levant à l'aurore : quand un Réalisé enseigne la Loi, il éclaire les êtres vivants, mais ceux qui ne veulent pas l'écouter continuent à tourner désespérément dans le cycle des naissances et des morts.

Entendu tel quel.

Une fois, le Bouddha demeurait à *Śrâvastî*, au bosquet de *Jeta*, dans le jardin d'*Anâthapindada*.

Alors le Bouddha dit aux moines :

« Voici un homme qui apparaît dans le monde et aussitôt la grande nuit de l'ignorance, d'elle-même, se dissipe ; alors il est le Maître des hommes du commun stupides : parce que ceux-ci ignorent ce qu'ils perçoivent et s'y attachent, ne connaissant pas telles qu'elles sont les destinées du cycle des naissances et des morts, ils y demeurent en tournant depuis l'origine et pour la vie présente, pour la vie future, et jusqu'en des âges sans limites.

Au contraire, quand un Réalisé, un Saint, un Tout-Illuminé apparaît dans le monde, la grande nuit de l'ignorance, d'elle-même, se dissipe.

C'est pourquoi, moines, il vous faut penser aux Bouddhas et les vénérer.

Voilà, moines, ce qu'il vous faut savoir. »

Alors les moines, ayant entendu ce que le Bouddha avait enseigné, le reçurent avec joie et le mirent en pratique.

5

Les Trente-Sept Auxiliaires de l'Illumination

Un Bouddha qui apparaît dans le monde est le vivant exemple de la progression parfaite vers la Délivrance. Cette progression revêt la forme de sept groupes de saintes pratiques, qui constituent ensemble les Trente-Sept Membres ou Auxiliaires de l'Illumination. C'est ce que rappelle le discours qui suit (T. II, 125, 8, 6, p. 561 b).

Entendu tel quel.

Une fois, le Bouddha demeurait à *Śrâvastî*, au bosquet de *Jeta*, dans le jardin d'*Anâthapindada*.

Alors le Bouddha dit aux moines :

« Voici un homme qui apparaît dans le monde et aussitôt apparaissent dans le monde les Trente-Sept Membres.

Quels sont ces Trente-Sept Membres de la Voie ?

Ce sont les Quatre Établissements de l'Attention[36], les Quatre Efforts de la Destruction[37], les Quatre Pieds Divins[38], les Cinq Facultés[39], les Cinq Forces, les Sept Pensées de l'Illumination[40] et les Huit Pratiques Correctes[41].

---

36. L'attention au corps, aux sensations, à l'esprit et aux pensées.
37. Écarter les mauvaises pensées, les empêcher de naître, susciter de bonnes pensées et les développer.
38. Quatre concentrations liées au désir, à la volonté, à la pensée et à la mémoire.
39. Voir ch. II, 1. Les cinq forces sont celles qui découlent des cinq facultés.
40. Voir ch. V, 9.
41. Voir ch. I, 3 et V, 12.

Qui est cet homme ?
C'est un Réalisé, un Saint, un Tout-Illuminé.
C'est pourquoi, moines, il vous faut toujours rendre hommage au Bouddha et c'est là ce qu'il vous faut savoir. »
Alors les moines, ayant entendu ce que le Bouddha avait enseigné, le reçurent avec joie et le mirent en pratique.

6

La douleur des êtres au moment du « Nirvâna »

Dans le texte qu'on va lire (T. II, 125, 8, 7, p. 561 b), il est fait allusion à l'affliction qui frappe les êtres, aussi bien les dieux que les hommes, quand un Réalisé achève son séjour dans le monde et entre dans le Grand Nirvâna final. Par son rappel des Trente-Sept Membres, ce texte est en quelque sorte la contrepartie du précédent.

Entendu tel quel.

Une fois, le Bouddha demeurait à *Śrâvastî*, au bosquet de *Jeta*, dans le jardin d'*Anâthapindada.*

Alors le Bouddha dit aux moines :

« Voici un homme qui disparaît du monde et les diverses catégories d'êtres vivants en ressentent de l'inquiétude et du chagrin ; les dieux et les hommes, ayant perdu leur protecteur, sont bouleversés.

Qui est cet homme ?

C'est un Réalisé, un Saint, un Tout-Illuminé.

C'est lui cet homme qui disparaît du monde, et les diverses catégories d'êtres vivants en ressentent de l'inquiétude et du chagrin ; les dieux et les hommes, ayant perdu leur protecteur, sont bouleversés. Quand il arrive en effet qu'un Réalisé disparaisse du monde, ce sont aussi les Trente-Sept Membres qui disparaissent.

C'est pourquoi, moines, il vous faut toujours vénérer le Bouddha.

Voilà ce qu'il vous faut savoir. »

Alors les moines, ayant entendu ce que le Bouddha avait enseigné, le reçurent avec joie et le mirent en pratique.

7

Comme la lune en sa plénitude

Cette fois-ci, le Bouddha est comparé à la pleine lune, qui répand sur les êtres sa clarté bienfaisante. Le soûtra (T. II, 125, 8, 8, p. 561 c) compare aussi la lumière du Bouddha à une pluie qui féconde et rafraîchit.

Entendu tel quel.
Une fois, le Bouddha demeurait à *Śrâvastî*, au bosquet de *Jeta*, dans le jardin d'*Anâthapindada*.
Alors le Bouddha dit aux moines :
« Voici un homme qui apparaît dans le monde : alors les dieux et les hommes sont immédiatement baignés par la pluie bienfaisante de sa lumière ; aussitôt, ils possèdent un cœur plein de foi à l'égard de la Moralité, du Don et de la Sagesse. C'est comme en automne, quand la clarté de la lune atteint sa plénitude : il n'est aucune poussière ni aucun brin d'herbe qui ne soient éclairés par elle.
Avec Celui-là, c'est la même chose : quand un Réalisé, un Saint, un Tout-Illuminé apparaît dans le monde, les dieux et les hommes sont immédiatement baignés par la pluie bienfaisante de sa lumière et, aussitôt, ils possèdent un cœur plein de foi à l'égard de la Moralité, du Don et de la Sagesse. Il est comme la lune en sa plénitude, qui éclaire en tous lieux tous les êtres.
C'est pourquoi, moines, suscitez en vous un cœur plein de vénération à l'égard du Réalisé.
Voilà, moines, ce qu'il vous faut savoir. »
Alors les moines, ayant entendu ce que le Bouddha avait enseigné, le reçurent avec joie et le mirent en pratique.

8

Le Saint Empereur

*Voici maintenant un soûtra (T. II, 125, 8, 9, p. 561 c) qui compare le Bouddha à un « Roi faisant tourner la roue » (*cakravartin*), c'est-à-dire à un empereur, la roue étant ici le symbole du pouvoir souverain mis entièrement au service du peuple.*

Entendu tel quel.

Une fois, le Bouddha demeurait à *Śrâvastî*, au bosquet de *Jeta*, dans le jardin d'*Anâthapindada*.

Alors le Bouddha dit aux moines :

« Voici un homme qui apparaît dans le monde et aussitôt les dieux et les hommes, tous ensemble, se mettent à prospérer, tandis que les êtres vivants des trois mauvaises [destinées] se mettent à décliner. C'est comme quand un Saint Empereur gouverne dans la paix : les habitants de son royaume se mettent à prospérer, tandis que [ceux] des pays voisins se mettent à décliner.

Avec Celui-là, c'est la même chose : quand un Réalisé apparaît dans le monde, les trois mauvaises voies se mettent aussitôt à décliner.

C'est pourquoi, moines, il vous faut croire dans le Bouddha.

Voilà, moines, ce qu'il vous faut savoir. »

Alors les moines, ayant entendu ce que le Bouddha avait enseigné, le reçurent avec joie et le mirent en pratique.

9

L'Inégalable

Le soûtra que nous proposons maintenant insiste sur l'unicité du Bouddha quand il paraît dans le monde : nul ne peut traiter d'égal à égal avec lui ; c'est en effet un principe qu'il ne peut jamais y avoir qu'un seul Bouddha dans le monde ; parce qu'il remet en mouvement la Roue de la Loi, la présence d'un autre Bouddha serait sans objet : en effet, celui qui apparaît dans le monde comme Bouddha a fait le vœu, dans un lointain passé, de venir prêcher la Loi dans un monde aveugle et sans guide (T. II, 125, 8, 10, p. 561 c).

Entendu tel quel.

Une fois, le Bouddha demeurait à *Śrâvastî*, au bosquet de *Jeta*, dans le jardin d'*Anâthapindada*.

Alors le Bouddha dit aux moines :

« Voici un homme qui apparaît dans le monde : il est incomparable, il est inégalable ; il va seul, sans compagnon ni cortège ; les dieux et les hommes ne peuvent l'égaler et la Foi, la Moralité, le Don et la Sagesse sont [tout autant] inégalables.

Qui est cet homme ?

C'est un Réalisé, un Saint, un Tout-Illuminé.

C'est lui cet homme qui apparaît dans le monde, incomparable et inégalable ; il va seul, sans compagnon ni cortège ; les dieux et les hommes ne peuvent pas l'égaler et la Foi, la Moralité, le Don et la Sagesse sont [tout autant] inégalables.

C'est pourquoi, moines, il vous faut vénérer avec foi le Bouddha.

Voilà, moines, ce qu'il vous faut savoir. »

Alors les moines, ayant entendu ce que le Bouddha avait enseigné, le reçurent avec joie et le mirent en pratique.

10

La prospérité des êtres vivants

Les neuf soûtras précédents se suivent dans l'Ekottarâgamasûtra, mais deux autres textes du même genre se sont égarés en d'autres chapitres de la même collection. Voici le premier d'entre eux (T. II, 125, 10, 10, p. 566 a), qui décrit les avantages reçus par les êtres qui vivent dans le monde quand un Bouddha apparaît.

Entendu tel quel.
Une fois, le Bouddha demeurait à *Śrâvastî*, au bosquet de *Jeta*, dans le jardin d'*Anâthapindada*.
Alors l'Honoré du Monde dit aux moines :
« Voici un homme qui apparaît dans le monde et toutes les sortes d'êtres vivants qui s'y trouvent évaluent aussitôt leur longévité en la doublant ; la beauté de leur visage augmente son éclat ; leur santé devient florissante ; leur bonheur est sans mesure et le son de leur voix est harmonieux.
Qui est cet homme ?
C'est un Réalisé, un Saint, un Tout-Illuminé.
C'est lui cet homme qui apparaît dans le monde et toutes les sortes d'êtres vivants qui s'y trouvent évaluent aussitôt leur longévité en la doublant ; la beauté de leur visage augmente son éclat ; leur santé devient florissante ; leur bonheur est sans mesure et le son de leur voix est harmonieux.
C'est pourquoi, moines, il vous faut toujours penser au Bouddha avec un cœur unifié et exclusif.
Voilà, moines, ce qu'il vous faut savoir. »
Alors les moines, ayant entendu ce que le Bouddha avait enseigné, le reçurent avec joie et le mirent en pratique.

11

Au sommet du monde charnel du Désir

Le document présenté ici (T. II, 125, 11, 3, p. 569 b) s'inscrit dans la ligne des précédents : il insiste sur le fait qu'un Bouddha se manifeste toujours au sein d'un monde semblable au nôtre, c'est-à-dire au plan du monde charnel du Désir : il y apparaît alors comme le premier des êtres et l'Incomparable ; il est le plus vénérable des êtres humains dignes de vénération, qu'ils soient des prêtres de naissance comme les brahmanes ou des religieux ayant choisi librement la vie de renoncement ; il est supérieur à tous les dieux de ce monde, y compris ceux du sixième ciel, que dominent Mâra et les membres de sa famille.

Entendu tel quel.

Une fois, le Bouddha demeurait à *Śrâvastî*, au bosquet de *Jeta*, dans le jardin d'*Anâthapindada*.

Alors l'Honoré du Monde dit aux moines :

« Voici un homme qui apparaît dans le monde et aussitôt, parmi les dieux et les hommes, les Mâras et les dieux de *Mâra*, les religieux et les brahmanes, il est le plus honorable, le plus sublime et le sans-égal ; premier est le mérite qu'il y a à le servir et à lui rendre hommage.

Qui est cet homme ?

C'est un Réalisé, un Saint, un Tout-Illuminé.

C'est lui cet homme qui apparaît dans le monde et aussitôt, parmi les dieux et les hommes, les Mâras et les dieux de *Mâra*, les religieux et les brahmanes, il est le plus honorable, le plus sublime et le sans-égal ; premier est le mérite qu'il y a à le servir et à lui rendre hommage.

C'est pourquoi, moines, il vous faut faire des offrandes au Réalisé.

Voilà, moines, ce qu'il vous faut savoir. »

Alors les moines, ayant entendu ce que le Bouddha avait enseigné, le reçurent avec joie et le mirent en pratique.

12

La lumière du monde

Pour clore ce chapitre, nous allons reproduire un texte du Samyuktâgamasûtra *(T. II, 99, 1310, p. 360 b) qui présente la lumière du Bouddha comme la plus élevée qui soit. L'explication que l'on peut donner de ce fait, c'est que le Bouddha éclaire les êtres en leur montrant le chemin du Nirvâna, qui est le bien le plus élevé, au-delà de tous les bonheurs, nécessairement transitoires, du cycle des naissances et des morts. Le soûtra s'adresse à un dieu Miśrika extrêmement lumineux, qui s'inquiète de savoir quelle est la lumière la plus élevée dans le monde.*

Ainsi ai-je entendu.
Une fois, le Bouddha demeurait à *Śrâvastî*, au bosquet de *Jeta*, dans le jardin d'*Anâthapindada*.
Il y avait alors un fils de dieu *Miśrika* dont l'apparence était merveilleuse au plus haut degré.
Quand la nuit fut à son terme, il se rendit auprès du Bouddha, se prosterna aux pieds du Bouddha, puis, en reculant, il s'assit sur un côté. La lumière de son corps éclairait partout le bosquet de *Jeta*, le jardin d'*Anâthapindada*.
Alors le fils de dieu *Miśrika* interrogea le Bouddha au moyen d'une stance :

Les lumières sont de différentes sortes,
Qui sont capables d'éclairer le monde !
J'aimerais seulement que l'Honoré du Monde me dise
Quelles sont les lumières les plus élevées.

Alors l'Honoré du Monde lui répondit [aussi] au moyen d'une stance :

> Il y a trois sortes de lumières
> Qui sont capables d'éclairer le monde :
> C'est grâce au soleil que le jour brille
> Et c'est la lune qui vient éclairer la nuit.
> Quant à la flamme d'une lampe, elle éclaire jour et nuit.
> Eux tous éclairent la totalité des formes,
> En haut, en bas et dans toutes les directions :
> Toutes les ténèbres des êtres sont [alors] complètement éclairées.
> Parmi les lumières des hommes et des dieux [cependant],
> C'est la lumière du Bouddha qui est la plus élevée.

Quand le Bouddha eut fini d'exposer ce soûtra, le fils de dieu *Miśrika*, ayant entendu ce que le Bouddha avait enseigné, fut rempli de joie : aussitôt, il s'évanouit et ne parut plus.

Pour conclure

La pratique correcte
des « Âgama »

A la fin du deuxième volume de l'édition Taishô *des écritures bouddhiques chinoises, volume consacré entièrement aux traductions du* Samyuktâgamasûtra, *de l'*Ekottarâgamasûtra *et des textes apparentés, celles du* Dîrghâgamasûtra *et du* Madhyamâgamasûtra *constituant le premier volume, l'on n'est pas surpris de trouver le « Soûtra sur la pratique correcte des* Âgama ». *Ce petit ouvrage se présente en effet comme un résumé de ces quatre collections. Il s'agit sans doute d'une compilation destinée à servir de manuel à des moines missionnaires se rendant en Asie centrale et en Chine. Bien qu'il semble s'adresser spécialement aux religieux, il n'est pas sans intérêt pour les laïcs. C'est pourquoi nous en donnons ici la traduction, ce texte nous servant, à nous aussi, de conclusion.*

Entendu tel quel.
Une fois, le Bouddha demeurait à *Srâvastî,* au bosquet de *Jeta,* dans le jardin d'*Anâthapindada.*

[1]

Alors le Bouddha dit aux moines :
« Moi, je vous enseigne des soûtras : ce qu'ils disent au début est excellent, ce qu'ils disent au milieu est excellent, ce qu'ils disent à la fin est excellent. C'est au moyen de paroles profondes que j'enseigne la Voie qui libère le monde.

Avec un cœur droit, prêtez attention à mes paroles et, dans les temps à venir, vous enseignerez vous-mêmes à les mettre en pratique. »

Joignant alors les mains, les moines reçurent l'Enseignement.

[2]

Le Bouddha dit :
« Dans les êtres humains, il y a cinq bandits qui les entraînent dans les mauvaises destinées.

Quels sont ces cinq bandits ?
1. La forme ;
2. la sensation ;
3. la perception ;
4. la formation ;
5. la conscience.

Ces cinq sont ce à quoi pensent constamment les humains. »

[3]

Le Bouddha dit :
« On se laisse constamment tromper par l'œil, tromper par l'oreille, tromper par le nez, tromper par la bouche, tromper par le corps.

L'œil, cependant, peut voir, mais il ne peut entendre.

L'oreille, par contre, peut entendre, mais elle ne peut voir.

Le nez peut sentir les odeurs, mais il ne peut entendre.

La bouche, quant à elle, peut goûter les saveurs, mais elle ne peut sentir les odeurs.

De son côté, le corps peut sentir le froid et le chaud, mais il ne peut goûter les saveurs.

Ces cinq sont liés au mental et s'enracinent dans le mental. »

[4]

Le Bouddha dit :

« Moines, vous qui recherchez la Voie, contrôlez votre mental.

C'est par suite de l'ignorance que l'on tombe dans l'enchaînement causal à douze membres, et c'est alors le *Samsâra*.

Quels sont ces douze ?
1. L'ignorance, qui est l'origine ;
2. les formations [42] ;
3. la conscience ;
4. le composé physique et mental ;
5. les six facultés ;
6. le contact ;
7. la sensation ;
8. la soif ;
9. l'appropriation ;
10. le devenir ;
11. la naissance ;
12. la mort.

Si l'on s'adonne à la pratique du bien, on obtient d'être un humain, mais si l'on s'adonne à la pratique du mal, à la mort, on entre en enfer, chez les revenants faméliques et dans les naissances animales. »

[5]

Le Bouddha précisa sa pensée :

« C'est à cause de l'ignorance des êtres qu'il y a le *Samsâra*.

En quoi consiste cette ignorance ?

C'est à cause d'une ignorance fondamentale que les êtres en sont venus à naître actuellement.

A cause de cette ignorance, leur esprit ne comprend pas et leurs yeux ne s'ouvrent pas : ils ne savent pas qu'à leur mort, ils se dirigeront vers leur destinée.

---

42. Le texte chinois comporte ici les caractères signifiant « naissance et mort », ce qui implique la confusion entre le mot *Samsâra* et le mot *Samskâra,* les « formations ».

Ils voient le Bouddha et ne l'interrogent pas ; ils voient les soûtras et ne les étudient pas ; ils voient les religieux et ne leur donnent rien ; ils ne croient pas dans les vertus de la Voie.

Ils voient leurs parents et ne les honorent pas.

Ils ne pensent pas que le monde, c'est la souffrance ; ils ne savent pas qu'en enfer on est durement puni.

C'est cela qu'on appelle l'ignorance et c'est à cause d'elle qu'il y a le *Samsâra*.

Il n'y a pas d'arrêt des naissances et des morts, de même que, dans la vie d'un homme, il n'y a pas de discontinuité entre l'expir et l'aspir.

Dans le corps humain, il y a trois choses : quand le corps meurt, la conscience s'en va, l'esprit s'en va, la pensée s'en va.

Ces trois choses se poursuivent continuellement l'une l'autre.

Si l'on s'adonne à la pratique du mal, quand on meurt, on va en enfer, chez les revenants faméliques, chez les animaux ou chez les esprits démoniaques.

Si l'on s'adonne à la pratique du bien, il y a aussi ces trois choses qui se poursuivent l'une l'autre, mais alors, on renaît, soit en haut dans le ciel, soit parmi les humains.

Une fois tombés dans les cinq destinées, si tous y renaissent, c'est parce que leur mental n'est pas contrôlé. »

[6]

Le Bouddha dit aux moines :

« Contrôlez tous votre mental, contrôlez votre œil, contrôlez votre oreille, contrôlez votre nez, contrôlez votre bouche, contrôlez votre corps.

Le corps doit se dissoudre en terre, mais le principe conscient ne doit pas aller de nouveau en enfer, chez les revenants faméliques, chez les animaux ou chez les esprits démoniaques.

C'est comme quand, dans une famille, il y a un mauvais fils : on le fait prendre en main par un précepteur. De même, si chacun renaît, c'est parce que son mental n'est pas contrôlé.

Dans l'homme, il y a une centaine de phénomènes : c'est comme une roue à cent rayons.

Celui qui a beaucoup de convoitise et de haine, s'il n'est pas attentif à tout ce qu'il y a en lui-même, s'en va en enfer après la mort et ses regrets ne le feront pas revenir en arrière. »

[7]

Le Bouddha dit :

« Dans ma vie actuelle, j'ai abandonné mon pays et renoncé à devenir le roi des *Śâkya* dans le souci de quitter le *Samsâra* et le désir de sauver tous les êtres en leur faisant obtenir la Voie du *Nirvâna*.

Le premier par l'énergie obtient aussitôt d'être un Saint.

Le deuxième par l'énergie obtient de n'avoir plus à revenir.

Le troisième par l'énergie obtient de n'avoir plus à revenir qu'une fois.

Le quatrième par l'énergie obtient d'entrer dans le courant.

Mais celui qui n'est pas capable d'une grande énergie doit garder les cinq règles :

1. ne pas tuer ;
2. ne pas voler ;
3. ne pas être impudique ;
4. ne pas tromper ;
5. ne pas s'adonner à l'alcool. »

[8]

Le Bouddha dit :

« Que l'on soit assis ou debout, on doit penser continuellement à ces quatre choses.

Quelles sont ces quatre ?

1. Être attentif à son propre corps, être attentif au corps d'autrui.
2. Être attentif à ses propres sensations, être attentif aux sensations d'autrui.

3. Être attentif à son propre esprit, être attentif à l'esprit d'autrui.

4. Être attentif à ses propres pensées, être attentif aux pensées d'autrui.

Si, au-dedans de soi-même, il y a de nouveau le désordre du désir, par la pensée et avec minutie, on doit prendre garde aux membres de son corps.

Si l'on est rassasié, on en est pleinement conscient.

Si l'on est en appétit, on en est aussi pleinement conscient.

Si l'on est debout, on en est pleinement conscient.

Si l'on est assis, on en est pleinement conscient.

Si l'on est en marche, on en est pleinement conscient.

Si l'on est couché, on en est pleinement conscient.

Si l'on a froid, on en est pleinement conscient.

Si l'on a chaud, on en est pleinement conscient.

Si l'on est couché et que vient le désir, il faut se secouer et se lever de son lit.

Si l'on est assis et que l'on ne se contrôle pas, il faut se mettre debout.

Si l'on est debout et que l'on ne se contrôle pas, il faut marcher en rond.

C'est comme un roi qui commande à ses soldats de sortir au combat. Les courageux, il les place au premier rang, mais si déjà des pleutres se trouvent en avant, il doit les renvoyer et c'est dans le but de les renvoyer qu'il donne des ordres à ses officiers.

Le religieux, lui, a déjà abandonné sa famille : il a renoncé à sa femme et à ses enfants, s'est coupé la barbe et les cheveux et s'est fait moine. Bien qu'en cette vie, il soit encore dans la souffrance et n'obtienne la Délivrance que bien plus tard, du fait d'avoir obtenu la Voie, il n'éprouve intérieurement que de la joie.

A l'égard de sa femme, il est comme un cadet à l'égard de sa sœur aînée ; à l'égard de ses enfants, il est comme un professeur.

Son cœur étant sans convoitise ni amour possessif, il a toujours amour et compassion pour les dieux et les humains des dix quartiers, pour les êtres qui sont en enfer, chez les revenants faméliques et chez les animaux, pour toutes les sortes d'êtres qui se meuvent en sautant ou en volant.

Il distribue toutes ses richesses et dignités, puis, calme et serein, il se libère et obtient la Voie du *Nirvâna*.

Quand il voit un ver de terre, au moyen d'une pensée d'amour, il éprouve de la compassion ; bien qu'il sache que cet être ne peut pas se libérer de sa stupidité, il peut tout de même avoir une telle pensée.

Il pense constamment aux qualités de son maître, le Bouddha, de même qu'un homme pense à ses père et mère.

S'il y avait dans une prison un criminel coupable d'un meurtre et si un homme vertueux lui envoyait un présent conforme à ses désirs, ce criminel, l'ayant appris, penserait toujours à la bonté de cet homme vertueux. De même le moine, ayant obtenu la Voie, pense toujours au Bouddha ; il pense aussi aux soûtras comme un homme qui pense à manger sa nourriture. »

[9]

Le Bouddha dit :

« Moines ! Il vous faut tour à tour apprendre les uns des autres, comme ferait le plus jeune frère à l'égard de ses aînés.

Ceux qui, parmi vous, sont des ignorants, doivent interroger ceux qui savent : répandez l'enseignement chacun à votre tour.

Quand on interroge celui qui sait, c'est comme si, dans l'obscurité, on allumait une lampe.

S'il n'était pas possible de dissiper les ténèbres, on agirait mal et l'on ne saurait comment se corriger.

Regardez l'or et l'argent comme si vous regardiez la terre.

N'accueillez pas le faux témoin, car il vous entraînera dans l'erreur.

N'accueillez pas celui qui colporte des ragots capables de vous faire vous quereller.

N'accueillez pas parmi vous celui dont les intentions sont mauvaises.

N'écoutez pas ce que vous ne devez pas entendre et ne regardez pas ce que vous ne devez pas voir.

Quand vous allez par les chemins, baissez humblement la tête et regardez vers le sol, de peur d'écraser des vers de terre, de peur de convoiter la femme d'un autre, de peur même de voir la femme d'un autre.

Asseyez-vous et livrez-vous à la méditation : abandonnez toute pensée de convoitise et d'amour possessif jusqu'à ce que vous obteniez la Voie. »

[10]

Le Bouddha dit :
« Celui qui désire obtenir la Voie doit s'asseoir dans un lieu désert et fermé. Tandis qu'il expire et aspire, il observe ce mouvement respiratoire : il sait s'il est court ou long.

Il observe, sans s'y attacher, les formes qui apparaissent et il en est pleinement conscient.

Que l'air soit retenu ou non, il observe, et toutes les formes qui apparaissent, il en est pleinement conscient : il les observe une à une et c'est ainsi qu'il médite.

Quelles que soient les formes qui apparaissent, il les considère extérieurement, il les considère intérieurement.

En observant et méditant ainsi, il éprouve de la joie.

S'il lui arrive d'avoir une pensée étrangère, il ne doit pas s'y attarder.

C'est une perle rare en ce monde que d'avoir un cœur sans désir et suivre la Voie Correcte ; par conséquent, si, en son cœur, il y a de nouveau le moindre mouvement de désir, il doit l'arrêter avec soin et tout de suite revenir à sa pratique.

Quand il procède ainsi avec son esprit, il ressemble à un homme qui possède un miroir souillé où l'on ne peut voir aucune image ; en le frottant, il lui enlève sa crasse et aussitôt l'on peut voir des images.

Celui qui a écarté la convoitise, la haine et la sottise ressemble à un miroir frotté.

Alors, avec attention, il médite : " Sous le ciel, il n'y a rien qui soit stable, rien qui dure à jamais. " »

[11]

Le Bouddha dit aux moines :

« Quand l'esprit est contrôlé, il doit être comme la pierre des quatre orients : bien que cette pierre demeure au milieu de la cour, la pluie tombe dessus mais ne la détruit pas, le soleil la chauffe mais ne la fait pas fondre, le vent souffle et ne peut la soulever.

Un esprit contrôlé ressemble à cette pierre. »

[12]

Le Bouddha dit aux moines :

« Sous le ciel, le cœur de l'homme ressemble à une rivière.

Au milieu, il y a des herbes et des bouts de bois qui s'en vont tous sur le courant sans se gêner mutuellement : ceux qui vont en avant ne gênent pas ceux qui vont en arrière et ceux qui vont en arrière ne gênent pas ceux qui vont en avant.

Les herbes et les bouts de bois s'avancent sur le courant parce que tous s'en vont comme lui.

Avec le cœur de l'homme, c'est la même chose : une pensée vient, une pensée va ; comme les herbes et les bouts de bois, les pensées qui vont en avant et celles qui vont en arrière ne se gênent pas mutuellement.

Au-dessus du ciel et en dessous, il n'y a pas de joie qui se répète.

Entre le ciel et la terre, il n'y a qu'une demeure temporaire.

Si quelqu'un, à sa mort, ne doit plus renaître, c'est qu'il a réalisé la Voie.

Il reconnaît alors le bienfait de son maître.

Quand il voit le Maître, il lui rend hommage ; quand il ne voit pas le Maître, il pense à son enseignement et à sa règle comme un homme pense à son père et à sa mère.

Il fixe sa pensée jusqu'à n'avoir plus qu'un cœur unique.

Alors, il éprouve de la compassion pour les humains qui sont sous le ciel et pour tous les êtres qui se meuvent en sautant, en volant ou en rampant.

S'asseyant, il sourit en lui-même en pensant :
 " Quand, en ce monde, je me libérerai du corps, je serai aussi libéré des cinq destinées : 1. celle des dieux ; 2. celle des humains ; 3. celle des revenants faméliques ; 4. celle des naissances animales ; 5. celle des enfers.
 J'ai obtenu d'être un Saint.
 Si je désire me déplacer en volant ou en me transformant, je le peux.
 Faire jaillir de mon corps de l'eau ou des flammes, je le peux.
 Sortir sans qu'il y ait d'interstice ou entrer sans qu'il y ait d'ouverture, je le peux.
 Écarter la souffrance du monde et m'emparer du *Nirvâna*, je le peux. " »

[13]

Le Bouddha dit aux moines :
« La Voie, il vous faut la suivre ! Mes soûtras, il vous faut les étudier ! »

Quand le Bouddha eut fini d'exposer ce soûtra, cinq cents religieux obtinrent d'être des Saints.
Alors tous les religieux se levèrent et s'avancèrent : se prosternant jusqu'au sol, ils rendirent hommage au Bouddha.

Table

Introduction	9
Les textes	14
La traduction	17

I

Les fondements du bouddhisme

1. Les quatre racines de la Loi	21
2. Les quatre Nobles Vérités	25
3. Le Noble Chemin vers la Délivrance	27
4. La Roue de la Vie	28
5. Le miroir de la Loi	30
6. Les quatre fruits	32
7. La réalisation des disciples laïcs	34
8. Les cinq pratiques des laïcs	36

II

La foi correcte

1. Les cinq facultés spirituelles	41
2. La première des quatre vertus	43
3. Les degrés de la foi	45
4. Le mérite des Refuges	47
5. Trois dispositions d'esprit	51
6. Pour entrer dans le courant	53
7. La foi inébranlable conduit au ciel	54
8. A propos du doute	56

III

La moralité

1. Les actions favorables et défavorables	61
2. Fruits divers des actions mauvaises.	64
3. Les cinq « préceptes »	68
4. Le parfum des « préceptes »	75
5. La salutation des six quartiers	78
6. Le pauvre devenu dieu.	86
7. La moralité du bodhisattva	88
8. La joie la plus élevée.	90
APPENDICE : Rituel pour prendre les Refuges et les Préceptes.	92

IV

Le don

1. Deux sortes de dons	97
2. Les huit mérites du don	99
3. Éloge du don	101
4. Un modèle de donateur	103
5. Le don du bodhisattva	106
6. Histoire de Yaśomati	108
7. Histoire de l'épouse de Subhadra	111
8. Histoire du pauvre Soma.	114
9. Histoire d'un jeune garçon.	117

V

L'audition de la loi

1. Les cinq devoirs d'un Bouddha	121
2. Comment Śâkyamuni fut illuminé	123
3. Les Bouddhas des trois temps	128
4. La mise en mouvement de la Roue de la Loi	137
5. Le non-soi.	142
6. L'enchaînement causal.	145

7. Les trois racines	148
8. Les cinq empêchements	150
9. Les sept facteurs de l'Illumination	152
10. Définition du « Nirvâna »	154
11. Deux sortes de « Nirvâna »	156
12. Le Noble Chemin Octuple	158
13. Les huit saints	160
14. Les trois groupes d'êtres	162

VI

La sagesse

1. Les trois portes de la Délivrance	167
2. La juste manière de voir	170
3. Comment considérer toutes choses	172
4. Comment un homme du commun parvint à la sagesse	173
5. L'homme supérieur	177
6. Les Demeures de Brahmâ	180
7. Le commandement de l'amour	182
8. Les onze bienfaits découlant de l'amour	183
9. L'amour compatissant du bodhisattva	185

VII

Le souvenir du Bouddha

1. Les dix souvenirs	189
2. Les six souvenirs	191
3. Le « Nirvâna » grâce aux six souvenirs	195
4. Le souvenir remplace la présence	200
5. Le souvenir du Bienheureux	202
6. Méditation sur le Bouddha	203
7. Le souvenir du Bouddha en onze pensées	206
8. Deux soûtras, quatre pensées	208
9. Les cinq mérites de l'hommage	210
10. Celui qui écarte la convoitise et les attachements	212

VIII

Louange du Bienheureux

1. Celui qui est venu pour l'apaisement de beaucoup	217
2. Onze groupes de bienfaits	219
3. La lumière de la Sagesse	221
4. Dissipation de la nuit	222
5. Les Trente-Sept Auxiliaires de l'Illumination	223
6. La douleur des êtres au moment du « Nirvâna »	225
7. Comme la lune en sa plénitude	226
8. Le Saint Empereur	227
9. L'inégalable	228
10. La prospérité des êtres vivants	230
11. Au sommet du monde charnel du Désir	231
12. La lumière du monde	233

Pour conclure

La pratique correcte des « Âgama » 237

**IMPRIMERIE BUSSIÈRE À SAINT-AMAND (5-91)
DÉPÔT LÉGAL : MAI 1991. N° 13182 (568)**

Collection Points

SÉRIE SAGESSES

dirigée par Jean-Louis Schlegel

Sa1. Paroles des anciens. Apophtegmes des Pères du désert
par Jean-Claude Guy
Sa2. Pratique de la voie tibétaine
par Chögyam Trungpa
Sa3. Célébration hassidique, *par Elie Wiesel*
Sa4. La Foi d'un incroyant, *par Francis Jeanson*
Sa5. Le Bouddhisme tantrique du Tibet, *par John Blofeld*
Sa6. Le Mémorial des saints, *par Farid-ud-D'in' Attar*
Sa7. Comprendre l'Islam, *par Frithjof Schuon*
Sa8. Esprit zen, esprit neuf, *par Shunryu Suzuki*
Sa9. La Bhagavad Gîtâ, *traduction et commentaires par Anne-Marie Esnoul et Olivier Lacombe*
Sa10. Qu'est-ce que le soufisme?, *par Martin Lings*
Sa11. La Philosophie éternelle, *par Aldous Huxley*
Sa12. Le Nuage d'inconnaissance
traduit de l'anglais par Armel Guerne
Sa13. L'Enseignement du Bouddha, *par Walpola Rahula*
Sa14. Récits d'un pèlerin russe, *traduit par Jean Laloy*
Sa15. Le Nouveau Testament
traduit par Émile Osty et Joseph Trinquet
Sa16. La Voie et sa vertu. Tao-tê-king, *par Lao-tzeu,*
Sa17. L'Imitation de Jésus-Christ, *traduit par Lamennais*
Sa18. Le Mythe de la liberté, *par Chögyam Trungpa*
Sa19. Le Pèlerin russe, trois récits inédits
Sa20. Petite Philocalie de la prière du cœur
traduit et présenté par Jean Gouillard
Sa21. Le Zohar, *extraits choisis et présentés par Gershom G. Scholem*
Sa22. Les Pères apostoliques
traduction et introduction par France Quéré
Sa23. Vie et Enseignement de Tierno Bokar
par Amadou Hampaté Bâ
Sa24. Entretiens de Confucius
Sa25. Sept Upanishads, *par Jean Varenne*
Sa26. Méditation et Action, *par Chögyam Trungpa*
Sa27. Œuvres de saint François d'Assise
Sa28. Règles des moines, *introduction et présentation par Jean-Pie Lapierre*
Sa29. Exercices spirituels par saint Ignace de Loyola
traduction et commentaires par Jean-Claude Guy
Sa30. La Quête du Graal, *présenté et établi par Albert Béguin et Yves Bonnefoy*

- Sa31. Confessions de saint Augustin
  traduction par Louis de Mondadon
- Sa32. Les Prédestinés, *par Georges Bernanos*
- Sa33. Les Hommes ivres de Dieu, *par Jacques Lacarrière*
- Sa34. Évangiles apocryphes, *par France Quéré*
- Sa35. La Nuit obscure, *par saint Jean de la Croix*
  traduction du P. Grégoire de Saint-Joseph
- Sa36. Découverte de l'Islam, *par Roger Du Pasquier*
- Sa37. Shambhala, *par Chögyam Trungpa*
- Sa38. Un Saint soufi du XXe siècle, *par Martin Lings*
- Sa39. Le Livre des visions et instructions
  par Angele de Foligno
- Sa40. Paroles du Bouddha tirées de la tradition primitive
  (traduit par Jean Eracle)